我想你在我的故事裡

I Hope You're in My Story.

Misa 著

有你的日子是那樣閃閃發亮，
總是會讓我忘記，其實我的故事裡不該有你。

楔子

我自己想出了一套理論，並且對此深信不已。

這套理論是這樣的，每個人在人生中所遭遇的每一件事情，其實都寫在你的「命運之書」裡。

當你死後要投胎時，上天會根據你的所作所爲，編寫出三本不同的命運之書，讓你從中擇一，若上輩子好事做得多，那麼你能選擇的命運自然也會較他人順遂。

舉例來說，如果你上輩子做的好事與壞事相抵後，分數可以換算成九十五分，那麼也許你下輩子的命運就是從這三本書裡選擇——

第一本是成爲富二代，吃穿用度不愁，還能找到相愛的對象，並且擁有良好的社會地位，唯一的缺點是身高太矮。

第二本是出生於小康家庭，父慈母愛、兄友弟恭，平安度過一生，壽終正寢，只是近視深到令你困擾的地步。

第三本則是變成大明星，人見人愛，最終還躋身傳奇人物，但會禿頭之類的。

而假如上輩子所做的好事與壞事相抵後，只剩下十分，下輩子的命運之書可能就會被編成老殘窮，或是再怎麼努力都得不到回報，甚至一出生便罹患罕見疾病，痛苦

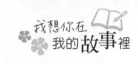

地苟延殘喘。

不過，這世上大部分的人，都是分數在六十到七十間的平凡人，因此人生中頂多有些小波折，不至於會有太過悲慘的遭遇。

這套理論雖然有點滑稽，但每當遇到挫折時，我總是這麼鼓勵自己——會發生這些小小的不幸，大概都是因爲有其他幸運的事在未來等待，不必爲此過於沮喪。

除非上輩子是無私無欲、普渡眾生的菩薩，才有可能拿到十全十美的命運之書，所以我們遇到的挫折與痛苦都只是小事，千萬不要輕易灰心喪志。

我們應該好好加油，對吧？

第一章

「所以呀，我覺得命運是非常公平的。」我用食指輕點自己的臉頰，望向落地窗外。豔陽高照，人行道兩側的樹木將影子灑落在柏油路面，迎著微風搖曳，在喧鬧的城市中，巷弄間的難得寧靜是我最珍惜的。

「妳到底想說什麼？」羊子青學我托著下巴，瞇眼看我，「我的時間寶貴喔。」

「唉，眞難過，這麼久沒見了，一下子就跟我說時間寶貴，難道友情就這麼脆弱嗎？」我誇張地扶額搖頭，用另一手擦去眼角根本不存在的淚水。

「別鬧了啦，我的休息時間快結束了。」瞥了一眼手機顯示的時間，羊子青從一旁的包裡拿出幾個沒貼標籤的小瓶子，「這些是最新研發的產品，妳試擦在手上幾天看看，沒有過敏症狀再用在臉上。」

「乳液嗎？」我拿過那些瓶瓶罐罐，「妳上次給我的化妝水很好用，還有嗎？」

「那批決定量產了。」羊子青頓了下，露出狡黠的笑容，「產品上市以後，妳能幫我寫一篇試用文嗎？」

「喔？無償？還是……」我故意拉長尾音，羊子青大笑。

「大作家，雖然我們是好朋友，這種事情還是要算清楚，我們當然會付妳費用啦！」她抬起手，朝我比了個數字。

「開玩笑的，我用了妳這麼多免費產品，當然不會跟妳收錢了，不過以後我的保養品就都麻煩妳嘍。」我眨眨眼睛，羊子青笑罵我這算盤打得真精。

「話說回來，妳最近還好嗎？」羊子青漫不經心地問，而我心下一凜，臉上的笑容差點掛不住。

緊握咖啡杯的手微微顫抖，我立刻不著痕跡地用另一隻手壓住手腕，避免被她注意到。

「很好啊，怎麼了？」我知道自己的表情會露餡，於是拿起咖啡杯抵在嘴邊。

「我只是覺得妳氣色不太好，人也怪怪的。」羊子青歪頭凝視我，「我們工作都忙，太久沒見，妳是發生了什麼事嗎？」

她的擔心表露無遺，我十分感動，可惜我無法向她坦白。

「真的沒什麼，只是寫稿滿累的。」我指了指自己的腦袋。

「妳把自己逼得太緊了。」她搖搖頭，從包裡拿出一本書，「但我還是要請妳幫我簽名。誰想得到姬品珈會寫起小說來呢？」

「哇，妳居然買了，妳不是不看小說的？」我接過那本書，是我最新出版的作品。羊子青聳聳肩，表示這是一種支持。

我在蝴蝶頁上大大地簽下「姬方」兩字，並畫了蝴蝶翅膀，雖然看起來像是兩個「3」重疊在一起，不過讀者們都曉得這是翅膀。

「謝謝啦，有個身爲當紅作家的好朋友，眞是我的驕傲。」

「妳也是呀，在所有臺灣品牌的保養品當中，你們家是賣得最好的，更別說練習發聲現在是最炙手可熱的配音公司了，聽說連國外的卡通都指定要你們配音對吧？」

「是練育澄他們經營得好，跟我沒關係。」羊子青說著，臉頰浮現淡淡的紅暈。

羊子青的媽媽在她念大學時再婚，對象正是練習發聲配音公司的老闆，練軒。結果親上加親，後來羊子青也和練軒的兒子練育澄走到了一塊。

至於配音公司聲名大噪的關鍵，和目前當紅的明星樓有葳有關。樓有葳的聲勢約莫是在四年前大幅上漲的，成爲媒體寵兒的她，連過去在卡通裡配音過的配角都被再次挖了出來，於是替她安排這份工作的練習發聲公司也因此受到矚目，還有人盛讚他們是伯樂。

我也沒想到，曾經在錄音室見過一次、當時才剛出道的樓有葳，多年後的今天會變成幾乎是臺灣最有名氣的女明星之一。

「那妳跟蕭大方怎麼樣了？」每次和羊子青聊天，最後總是逃不了這個話題。

我翻了白眼，「都這麼多年了，妳還眞是問不膩呀！又提蕭大方。」

「因爲你們眞的很曖昧呀！能曖昧……」她扳著手指頭數，驚訝地道，「快十年了耶！」

「我們從大一就認識，我今年二十八歲，當然快十年了。」我對羊子青震驚的表情感到好笑。

「天啊，你們是在演什麼連續劇嗎？十年之愛之類的？怎麼可以曖昧十年還沒有在一起！」羊子青的音量之大，讓咖啡廳裡的其他客人都看了過來。她站起來走到我旁邊，用力搖晃我的肩膀，「你們到底怎麼回事？這些年妳交過男朋友嗎？他交過女朋友嗎？」

我被她搖得頭昏眼花，趕緊要她住手，「所以我說過啦，這是我們自己選擇的命運。我們有理想的工作，又擁有漂亮帥氣的外型，這也許就是我始終沒談戀愛，而他也始終沒女朋友的原因。」

「妳在說什麼啦。」羊子青打了我一下。

我拉拉被她弄皺的衣服，「就像妳去廟裡拜拜，可能會祈求『希望下次的專案能過，我願意吃三個月的素還願』之類的，我這套理論也是類似的道理，或許我在感情路上會不太順利，卻以此換來事業的成功。」

我再次告訴羊子青關於命運之書的理論，然而她瞪大眼睛，彷彿覺得我在胡言亂語似的，無奈地搖頭，「聽我的，品珈，要是妳喜歡蕭大方，就快點結婚吧。」

「沒談戀愛就直接結婚？不能因爲我二十八歲了，就逼我結婚呀。」我大笑兩聲，「還有，妳不是不婚主義者嗎？」

「是沒錯，但妳可以結婚啊。」羊子青又看了下時間，「我眞的該回公司了，下次見！」

「嗯，妳別太累。」我托著腮，看著她匆忙收拾東西準備離開。

「妳要一起走嗎？」她問，我搖搖頭，指了一旁的筆電。

「我打算在這寫稿，而且我等等和蕭大方還有約。」

「你們不是都合租工作室了，還在外面……約會？」羊子青的眼睛亮了。

我沒好氣地反駁，「別亂想，是我們的工作室這兩天重新粉刷牆壁，還有油漆味殘留，才會約在外面。」

「妳和他見面的次數應該比我還多吧？」

「這不是廢話嗎？我們在同一個地方工作。再說了，妳很難約呢。」我癟嘴。

「哈哈哈，我講眞的，妳跟他如果……」

「我跟他眞的只是很好的朋友，沒有男女之情。」我再度給了這句已經說了十年，幾乎要說到爛的回答，不過羊子青的反應也是十年如一日，不相信。

「好啦，雖然我們都很忙，但妳有事的話一定要跟我說，知道嗎？」由於上班快遲到了，她總算放棄與我爭論，臨走前還不忘叮嚀，而我點了點頭，目送她離去。

羊子青日以繼夜地研發著新產品，常弄得自己有點人不人鬼不鬼的，可畢竟是做著自己喜歡的工作，那努力的背影看起來十分帥氣。

我喝下最後一口果汁，又向服務生點了杯咖啡，接著打開筆電。雖然同爲香妝系畢業，我和羊子青走上的道路卻很不一樣。

我連上網路查看信箱，回覆了編輯的校稿確認信，並開啟行事曆確定下一本書的交稿時間，以及座談會的日期，然後才打開Word檔。

就在這時，有個人坐到了我面前——蕭大方抿著嘴，模樣有些狼狽。

「怎麼了？」我闔上筆電端詳他。

「妳可以繼續寫。」他擺擺手。

「我不急。你到底怎麼了？」

蕭大方望向窗外，深深吸氣後又吐氣，好半晌才再次將目光轉向我。他像是下定了什麼決心，表情略顯倔強，接著又轉爲釋然。

他的手伸進口袋，把某個東西掏出來後，在我面前攤開手心，上面是一個小小的紅色方形盒子。

「這不會是我想的那個東西吧？」我一愣，坐正了身子，而蕭大方扯扯嘴角，打開盒子。

如我所料，盒子裡是枚戒指。鑽石在上頭閃耀，以這個品牌與鑽石的尺寸來看，想必要價不菲。

「妳還記得我以前說過的話嗎？」他誠摯地問，一抹淒楚的笑掛在他的嘴邊，似乎隱含著無奈與不甘。

「你是認眞的嗎？」

「一直以來都是。」

我不禁被觸動，微微溼了眼眶，「我從沒想過，有一天會從你手上接過戒指。」

他莞爾，那張熟悉的臉龐此刻變得有些陌生，我好像從未這麼仔細看過他的臉。

應該說，我明明看過他的臉無數次，這瞬間卻覺得他不是我所認識的他了。

「妳願意收下我的戒指嗎？」

「你眞的是認眞的？不會後悔？」我輕聲問，「我們甚至……沒有談過戀愛。」

「但我們相伴了近十年。還是我需要下跪呢？」蕭大方說完便站了起來，作勢要單膝下跪，我頓時失笑。

「不用這樣。」我幾乎是不假思索地伸出自己的右手，卻隱隱發顫。

「妳願意？」見我配合，他反而遲疑了。

「嗯。」

「這是一輩子的事。」他又說。

「嗯。」

「我不會同意離婚的喔。」

「怪了，你跟我求婚，不就是希望我答應嗎？」

「是沒錯啦。」他笑了笑。

於是，那枚鑽戒套上了我的右手無名指。

過程如此平淡，周遭的人根本沒注意到我們剛才在做什麼。

這下子，我也沒心情寫稿了，將東西收好就起身準備離開。

「妳要去哪裡？」蕭大方問。

「既然決定要結婚了，不是應該告訴我們共同的朋友，還有你我的家人，以及開始為婚禮做準備嗎？」

「這麼著急。」蕭大方打了個哆嗦，「想到就頭痛。」

我抿抿嘴，與他並肩步出咖啡廳，路上我們討論起有關婚禮的一切，我也將稍早羊子青所說的話告訴了蕭大方。

「要是她知道我們真的決定結婚，一定會很得意地說出『看，我早就說了吧』之類的話。」他模仿羊子青模仿得挺像的，我笑了起來。

陽光灑在人行道間，斑駁的樹影落在我身上，我將手伸往天際，在光線的照耀下，那鑽石閃閃發亮。

「愛情……也該閃閃發亮呢。」

蕭大方聞言淡淡一笑，大手伸來，將我攬入他的胸懷。

「妳在我心中，是閃閃發亮的。」

聽了他溫柔的話語，我的心裡暖洋洋的，也伸手勾住他的腰際。

「謝謝你，你也閃閃發亮啊。」

「我們能這樣親密地走在陽光底下，真好。」他更加用力抱緊我，一陣冷風吹來，我順勢躲進他的羽絨外套裡，貼近他溫熱的胸膛。

沒錯，必須是在陽光底下。

跟此刻的我和蕭大方一樣。

與蕭大方結婚，這是我自己選擇的，而這想必也寫在我的命運之書裡。

那麼在我的命運之書裡，我有哪些地方比別人幸運，又有哪些地方比別人不幸？

✦

由於我和蕭大方都想一口氣解決所有事情，且非常熟悉彼此的我們在細節上也沒有太多衝突，因此僅僅花了一天，我們就決定好找哪間公司拍婚紗，以及喜餅的品牌與宴客的地點。

我們不想辦得太過隆重，只打算邀請幾個親戚和好友，所以當我們要告知其他人婚訊時，基本上已經什麼都規劃妥當了。

「我不能想像你哥和你弟會有什麼反應，對我來說，告訴共同認識的人比籌備婚禮還難。」站在蕭大方家所在的大樓門前，我拉了拉不習慣穿的連身洋裝裙襬，透過自己映在鐵門上的模樣確認妝容完整，並做好等等被調侃的心理準備。

「我又何嘗不是？」蕭大方扯扯自己的領口，他也繫上了平常不會繫的領帶，「撐過去吧，應付完這個階段，以後就不會有人再唸了。」

「你太天真了，接下來就會被問『什麼時候要生小孩』。」說完，我和他互看一眼，「欸，所以呢？」

「什麼所以？」

「小孩怎麼辦？」我咬著下唇，「你想要小孩嗎？」

他聳聳肩，「妳呢？」

我也聳聳肩，看樣子這個問題暫時無解。

「船到橋頭自然直啦。」他揉了揉自己的亂髮，朝我伸出手，「走吧。」

我揚起微笑，握上他寬大的手掌，他的掌心溫暖，和多年來他給我的感覺一樣。

我們踏入大樓，搭乘電梯時，我感受到自己的手心開始冒汗，蕭大方也顯然不太自在。難得的緊張感出現在我們之間，不過見他的表情宛如要去送死一般，我忍不住大笑，這突如其來的爆笑也緩和了氣氛。

電梯門開啟，蕭大方稍微用力握了我的手，看著前方的家門，認眞地對我說：「能娶到妳眞的是我三生有幸，這話絕不虛假。」

我回握住他的手，「從今以後，就請多多指教了。」

從十九歲那年認識蕭大方至今，有多少人三番兩次將我們湊成一對？如今我們眞的走到一起，我想大多數的人都不會意外，雖然我和蕭大方就是最受不了別人口中的那句「我早就知道」。

當蕭大方的哥哥蕭大富來開門時，見到我的出現也毫不訝異，畢竟我和蕭大方時常同進同出。可是發現我們兩個的手彼此交握後，他馬上誇張地深吸一口氣，大聲嚷嚷起來：「爸、媽！大貴！快來！我們的夢想成眞了！」

說到這裡要補充一下，蕭家三兄弟的名字正是大富、大方、大貴，充分反映出父母對他們的期望。他們三個的發展就如他們的名字，身爲牙醫的大富出手闊綽，而得寵的小弟大貴像個貴公子，目前更與富家千金交往中，幾乎快成爲駙馬爺了。

至於蕭大方則比較平凡一點，他和我合租了間工作室，大方地出了三分之二的房租，倒也符合他的名字。

見蕭大富如此興奮，我和蕭大方無奈地對視。我們的默契絕佳，因此即便我什麼都沒說，他也明白我的意思，點了點頭。

預想中的疲勞轟炸要開始了。

「都這麼多年了，終於願意承認了啊！」

「難怪你要我們今天都待在家裡，原來是要告訴我們這件事！」

「但我們早就料到會有這天了，根本沒必要多此一舉。」

「品珈呀，眞是謝謝妳願意和我這不成材的兒子在一起。」

蕭家人七嘴八舌地發表意見，我們兩個只能乾笑，一面點頭說著「是是是」、「對對對」。好不容易等他們冷靜了一點，蕭大方才清清嗓子開口：「我們打算結婚。」

爆炸性的宣言再次讓蕭家人激動驚呼，我忍不住摀住一邊的耳朵。

「怎麼回事呀，弟弟，你這麼多年來都不承認和品珈的關係，結果一承認就說要結婚，這是超英趕美？」

「還是不小心懷孕了？這樣也太不小心了吧！哥。」

「不是，我們只是覺得時候差不多了。」蕭大方牽著我的手始終沒放開，「我們都準備好也討論好了，所以爸、媽，希望你們能尊重我們的選擇。」

「這麼重要的事情，都沒跟我們商量就自己決定了？」蕭爸爸的語氣略帶不悅。

「長輩這邊也有很多要注意的啊，像是你大姑姑他們那……」蕭媽媽開始碎碎念，而蕭大方握住我的手微微顫抖。

我捏了捏他的手掌，要他放心，然後鬆開他的手，從包裡拿出喜餅店家的DM，以及婚宴會場的菜單，甚至連喜帖的樣本都帶來了。是的，我們連日期都決定好了。

「我和大方有精挑細選過的，簡單就好了啦，我們想把錢花在蜜月旅行上。」我知道蕭家人都很喜歡我，同樣的話，由我來說比由蕭大方來說更有效。

「這……好啦，現在的年輕人都很有主見，你們說好就好啦！」果不其然，蕭媽媽放軟了態度，一副拿我們沒辦法的樣子翻閱著DM，而蕭爸爸也沒再說話。

我偷偷朝蕭大方挑眉，免於父母的嘮叨讓他鬆了一口氣。

這時，蕭大富一手勾上蕭大方的脖子，「好啊，臭小子，我都還沒結婚，你搶在我前面結呀！」

「哥，你動作也快一點啊，你和家純姊交往很久了耶。」蕭大方嘿嘿笑了兩聲，沒有掙脫蕭大富的手。

「哎呀，我是想娶她啊，但我們有些理念不太合啦……」蕭大富聳肩，蕭大方頓時垂下目光。

我抿嘴一笑，戳了下蕭大富，「大富哥，請不要這樣欺負我的老公喔。」

「唉唷，還沒嫁過來，就對大伯不客氣啦？」蕭大富大笑，鬆開了架在蕭大方脖子上的手。

「我嫁過來以後還會更不客氣呢！」我作勢攻擊他，蕭大富笑得更開懷了。他們家的人都喜歡我，這些年來，他們都希望我們能夠在一起。

如今，他們得償所願。

將結婚這件事告訴他們，其實並不難，因爲我們都明白他們樂見其成。不過蕭大方還是流了一身冷汗，我看得見他內心的煎熬，他的嘴唇逐漸泛白，顯然再也無法待下去了。

「我們晚上訂了餐廳，希望婚前兩家能見面聚個餐。」所以我發了話，想藉機早些離開這裡——爲了蕭大方。

「對，我們先去接品珈的媽媽了，晚點直接餐廳見。」蕭大方幾乎是落荒而逃般地起身，迅速往玄關走去。

「這麼急？等我們一下，一起出門呀。」蕭媽媽跟上去，但我覺得蕭大方快吐了。

「我們還沒向我媽報告這個好消息呢，所以……」我吐吐舌頭裝可愛。

「妳媽媽還不曉得你們要結婚？大方啊！你居然沒先跟品珈的媽媽說！」蕭媽媽不敢置信，其他人也開玩笑地叨念。

「所以我們現在要過去了啊，晚點見。」蕭大方沒有回頭，壓下門把後立刻走出門穿上鞋子。

「那我們先走了。」我朝蕭家人點頭。

「下一次來，大概就得叫妳嫂嫂了。」蕭大貴惺惺作態地拱手。

「是啊，小叔。」我笑了聲。

直到我們踏進電梯，蕭大方才吐了長長一口氣，告知家人婚訊用盡了他全身的力量。我有些心疼，伸手幫他擦去額頭上的冷汗，而他虛弱一笑，「再來換妳家了。」

「我媽不會有意見的。」我頓了頓，「相反的，她會很高興。」

這一次，大概換成我露出了和蕭大方相似的表情吧，所以他伸手攬住我的肩膀，頭靠上我的頭。

出了電梯，我們走到蕭大方停車的巷子，他按了遙控器，車子發出解鎖的聲響。當我們接近時，卻發現有個男人靠在車邊。

蕭大方一頓，而我也愣住。男人穿著西裝外套，裡頭是白色襯衫與牛仔褲，他的臉色憔悴，像是好幾天沒有睡了。

「姬品珈，我求求妳……」他哀求的聲音如此令人心碎。

「高立丞，你可以不要再這樣了嗎？」蕭大方的聲線緊繃，而高立丞只是定定注視著他。

「大方，讓我來解決。」我要蕭大方讓開。

「但是……妳可以嗎？」

「可以的。」我扯出微笑。現在這個場面，只有我能處理。

在轉身離開前，蕭大方的視線在高立丞的臉上停佇了幾秒，才邁步走遠。

高立丞並沒有追上去，而是站在原地看著我。

他曾經那麼意氣風發，曾經總是將腰桿挺得筆直，但眼下高大的他看起來彷彿矮了我一截，那頹廢的模樣難以與往昔的他連結在一起。

「不會有好結果的，高立丞。」這番話很殘忍，卻無比眞實。

「求求妳……不要嫁給蕭大方……」

「那我們能怎麼辦？要一直被旁人逼問嗎？我們怎麼向家人交代？」我握緊雙拳。

「不是沒有解決的方法……明明有的，我們明明可以一起克服……」

「什麼方法？」我反問。

「我們……我們可以一起找……」

「我知道你的方法，高立丞。」我冷眼看他。

「一定有……一定有我們都沒想到的……」

我忍不住失笑，「高立丞，聽聽你自己說的話，看看你自己的表情。連你自己都不確定有什麼解決的方法了，我們要如何克服？」

許多問題看似容易解決，然而當發生在自己身上時，我們往往無能爲力，也沒有勇氣去克服。

「拜託妳！只要妳不嫁給蕭大方，那一切都還可以……」他衝了過來，就要抓住我的肩膀，但一個身影迅速擋到我面前，將高立丞推開。

「蕭大方……」我看著他剛毅的側臉，咬住下唇。

「結束了，高立丞。」

「我不會……不會就這樣結束的……」雖然這麼說，高立丞並沒有再次上前，只是在轉身離去之際又開口，「求求妳，姬品珈……」

我知道，像他那種含著金湯匙出生的男人，要說出有求於人的話語是多麼不容易。他放下自尊，只爲了追回一段沒有人可以幸福的戀情。

蕭大方伸手摟住我，猶如在告訴我，他的心意不變。

「妳不會因爲這樣就不嫁給我了吧?」我能感受到他發抖的手，以及他的動搖。

我唯一能做的，就是再次回擁他，「我們說好的。」

「對不起，姬品珈。」

「那我也要說，對不起，蕭大方。」

我們相視一笑，而後他爲我打開副駕駛座的車門。我看向後照鏡，高立丞剛剛就站在那裡，但他的身影已經消失了。

當我回到家中時，媽媽正在廚房刷著壁磚，聽見我回來，她沒有停下動作，也沒有瞧我一眼。

「媽。」我開口，她依舊不理睬。

「阿姨，我來了。」蕭大方跟著出聲，媽媽這才回過頭。

「大方呀，你來啦。」

就像蕭家人對我一樣，我媽媽也只對蕭大方這麼熱絡。

「我今天來，其實是有事情要向阿姨報告。」蕭大方說著，接過我媽手上的刷子，「但在此之前，先讓我幫妳的忙吧。」

「唉唷，不用啦，我自己來就好。」

「我在家也常幫忙做這些事，所以沒問題的，我很有經驗。」說完，蕭大方捲起袖子，開始刷除壁磚上的油垢。

我和媽媽站在那裡，一時間相對無言，於是我轉身去客廳，而媽媽本來似乎想開口，停頓了下，又走到蕭大方身邊，和他一起整理廚房。

我點開手機的通訊軟體，只見累積了一百多則未讀，其中一部分來自高立丞。

「我求求妳，不要嫁給蕭大方。

妳一嫁給他，我們之間就真的結束了，那是沒有挽回餘地的！

我拜託妳，我一輩子都會感謝妳！」

對不起，高立丞，我也很痛苦，所以我只能這樣選擇。

或許，接受我和蕭大方結婚的事實，就是高立丞的命運。

我關閉了手機，不讓訊息再次打擾我。

過了一會兒，他們整理完廚房，來到客廳。由於蕭大方在場，媽媽只得放棄繼續跟我冷戰——我們已經好幾個月沒說上幾句話了。

她在沙發上坐下，而我面無表情，從包裡拿出剛才給蕭媽媽看過的喜帖樣本，媽媽頓時一愣，直問這是什麼意思。

「我和大方要結婚了。」我回答。

「結婚？」她轉向蕭大方確認。

「是的，我們都準備好了。阿姨，今晚和我的家人一起吃個飯吧，我們會詳細和你們報告的。」蕭大方坐到我身邊，握住了我的手。

這就是妳想要的，對吧？媽媽。

我抬起下巴，露出桀驁不馴的笑。

我以為我會看見她如釋重負，沒想到她卻皺緊眉頭，露出不解的神情。

這瞬間，我呆住了。

但很快，她收回了疑惑，望著蕭大方說：「我們品珈就麻煩你照顧了。」

是啊，這樣的請託，才是她身為母親該做的事。

於是我再次笑了，帶著淒楚。

✦

為了避免不必要的麻煩，我和蕭大方決定一次邀請所有共同好友，直接宣布結婚的消息，一次被轟炸完也比較省事。

至於怕麻煩的話，爲什麼不選擇公證，並在社群平臺公布婚訊就好？

答案是因爲，這樣我們結婚就沒有意義了。

我們必須有場婚宴，讓所有人知道與看到。

「神神祕秘的，到底是什麼事情？」羊子青第一個抵達餐廳，她指了指在她後頭的高䠷帥哥，「練育澄還說，是不是妳要和蕭大方結婚了。」

蕭大方哈哈大笑，要他們先入座，見我們訂了十人位的包廂，他們兩個挑挑眉，「你們還約了誰？」

「幾個你們還有我和蕭大方都認識的朋友。」

羊子青皺眉，「不會是眞的要宣布結婚的消息吧？」

「妳猜猜看？」我調皮一笑，「也可能是我中樂透的消息呀。」

「如果中樂透的話，那好歹也要選米其林餐廳吧！」羊子青厚臉皮地說。

「好了，別急，看樣子是眞的有大事。」練育澄一手壓住羊子青的頭，指尖很快從她的頭頂滑到頸後，再順著脖子、背脊，落到了腰間。

「請不要在我面前放閃好嗎？」我擺擺手，要這兩個談戀愛多年依舊甜蜜蜜的笨蛋情侶快點滾進包廂。

「怎麼回事呀？」剛進到餐廳的白書安一見我站在包廂門口，便噙著笑意走了過來，手裡拿著一瓶白酒，「看樣子人不少喔。」

「是啊。你還真是老樣子，又帶了酒。」

「無酒不歡。」說完，他向在包廂裡的蕭大方打了招呼。

「好久不見，最近很忙嗎？」蕭大方接過白書安的酒。

「彼此彼此，你也是大忙人，我發現你的作品得到了日本的獎項，挺厲害嘛。」

我看了下時間，有些人想必是不會來了。但我才剛這麼想，餐廳的自動門再次打開，踩著高跟鞋、穿著合身牛仔長褲的余潔出現了。

她的眼神既銳利又不友善，上下打量著我。

「謝謝妳來。」我對她說，而她瞥了眼包廂裡的人。

「高立丞呢？」她的嗓音冷冽，瞇起雙眼質問。

「他不會來了。」

「不會是我想的那樣吧？」余潔冷笑，越過我身邊走進包廂。

我嘆了一口氣回頭望去，宛如混血兒的余潔露出美麗的笑容，親吻了蕭大方的臉頰，並和善地與其他人打招呼，唯獨對我沒有好臉色。

我將視線投向餐廳門口，他們不會來了，所以我關上包廂的門。

接下來就是告訴我們的朋友，我們，要結婚了。

第二章

如果把我的人生比喻成一本書，並將目前爲止的重要歷程分爲幾個章節，那麼第一章，大概就是國小三年級的時候。

當時我剛轉學到盼陽國小，雖然才小三，但我的身高已經有一百四十幾公分，幾乎是班上最高的女生，再加上臉蛋小、眼睛大，又擁有一頭打理得宜的波浪卷長髮，因此看起來就像洋娃娃一般。

即便沒做什麼，我仍因爲外型而受到關注，卻也引來一些人的不快，所以我習慣了被班上的女生找麻煩，這樣的事幾乎伴隨著我成長。

但是，從來沒有人這麼過分——

「姬品珈，妳這邊沒有寫。」那天，班長劉玳琳將我剛才交給她的個人資料表放回我的桌上，指著空白的「父親」一欄。

「我忘記我爸的名字了。」我瞥了眼，目光便落回手中的漫畫。

「哪有人會忘記自己爸爸的名字？」劉玳琳顯然認爲我在找碴，「妳快點寫上去，我要交給老師。」

「我等一下再自己交給老師。」我把資料表塞進抽屜，繼續看漫畫，但劉玳琳搶過我的漫畫。

「不要鬧了，妳想害我被老師罵嗎？」

「我就說我等一下自己交了！」我生氣地回，不明白她爲何如此堅持，「把漫畫還給我！」

「妳不要剛轉學過來就給我找麻煩，還有，漫畫書是違禁品，我要跟老師說喔！」她的個子比我矮，卻雙手叉腰抬起下巴，以爲這麼做我就會退縮。

「妳去告狀呀，順便跟老師說，我的資料我等等自己交。」我搶回了漫畫，重新坐下來。

「妳居然這樣對我說話！」劉玳琳大概沒料到搬出老師我也不怕，氣得臉都紅起來。

「劉玳琳，妳不要找姬品珈麻煩啦！」一個男生開口。

「我哪有找她麻煩？她快點寫好交給我不就行了？」劉玳琳氣呼呼地回。

「臉好紅喔，猴子屁股。」男生們紛紛取笑她，並且學著猴子的模樣，雙手垂在身體兩側搖晃，發出「吱吱」的聲音。

女孩子臉皮薄，禁不起男生們這樣開玩笑，只見劉玳琳的臉更紅了，而我也跟著男生們笑了起來。

在以前的學校，即便我態度不佳，班上的女生或多或少都會因爲我的外型而認爲我是個很酷的女孩，就算不喜歡我，也會覺得跟我在一起特別有面子。

我習慣了這種男生們替我說話、女生們討好我的生活，於是當發現劉玳琳哭了，我也沒有任何同情，反而嘖了一聲。

男生們見狀更加開心，又七嘴八舌地揶揄：「愛哭鬼，女生最愛哭。」

無論我在哪裡，類似的情形總是會上演，有女同學跟我對立的話，男同學們多半會站在我這邊，導致女同學們更加不滿，然後男同學們就更過分。

最終女生們將得出一個結論——不要跟姬品珈作對，因爲男生會幫她，而且姬品珈很漂亮，成績又好，只要和她在一起就會受到大家的注意。

所以這一次，我也不在乎劉玳琳的眼淚，以及他人的冷言冷語，只是自顧自地看著我的漫畫。

劉玳琳哭著離開教室，男生們鬧了一陣子後也消停了，轉而繼續聊他們自己的話題。

我隱約聽見班上的女同學們竊竊私語著，因此從漫畫裡抬起頭，沒想到全班女生都盯著我，那充滿敵意的眼神異常一致，我頓時愣怔住。

「跩什麼跩。」不知道是誰說了句，其他女生笑了起來。

我頓時起了雞皮疙瘩，一陣涼意從腳底直往頭頂竄。

我趕緊拿出抽屜裡的資料表，跑去了導師室，劉玳琳並不在裡面。我看著班導，「老師，這個交給妳。」

班導是名年輕的女老師，她似乎很訝異我的到來，「怎麼不交給班長就好？」

「因爲我比較特殊。」我指了表格中的父親欄位，「我不知道我爸爸是誰，可是班長一直逼我寫，我又不想跟她講。」

「不知道爸爸是誰？這個意思是……」

我不確定班導是故意的，還是眞的沒弄懂我的意思，我不知道爸爸是誰，這意思不是很清楚了嗎？

「我沒有爸爸，媽媽從不告訴我關於爸爸的任何事情，我的身分證背面也沒有爸爸的名字。」

「啊……這樣呀，沒關係，那我再問妳媽媽就好。」聽我這麼說，導師一愣，隨即掛上微笑，「妳快回去上課吧。」

我都說得這麼明白了，還要問我媽媽什麼？

當下我眞心覺得班導是個白痴。

但事後回想，當年會對老師如此坦白的我也是白痴。

離開導師室，我遇見劉玳琳從廁所裡出來，她眼眶發紅，手裡拿著那疊個人資料表。一見到我，她的表情轉爲不悅，沒打招呼便走過我身旁，逕自往導師室去。

我本想解釋幾句，又覺得沒有意義，所以直接返回了教室，回到座位後，卻發現抽屜裡的漫畫不見了。

有人在偷笑，我環顧教室一圈，班上的女生們似乎都看著我，又似乎沒在看我。

「有人看到我的漫畫嗎？」我問，沒人回應。我再問了一次，「請問，有人看到我的漫畫嗎？」

「欸，有人看到姬品珈的漫畫嗎？」一位男同學也幫我詢問，幾個女同學交頭接耳，輕輕笑了起來。

「不見了，不會找嗎？」其中一個女生回應。

我的雙手忽然有點發顫。

這個班級的女同學，好像跟以前在其他學校遇過的不太一樣。

這時，劉玳琳回到了班上，她一踏進來，好幾個女生立刻問她：「還好嗎？」而她的表情與方才完全不同，彷彿剛拿到獎狀般洋洋得意，「我沒事，完全沒事。」

「姬品珈，妳應該向班長道歉，剛才害她哭了。」要我自己找漫畫的女生再次發話，我不太記得她的名字，只依稀記得外號是章章。

「我……」

「不用了，沒關係。」劉玳琳揚聲，她笑道，「姬品珈不知道自己的爸爸是誰，她沒有可以嚴格管教她的親人，才會沒教養。」

我的眼前頓時一黑。

小孩子有時比大人還要殘忍，往往會在並不眞正了解某些詞彙的情況下，說出惡毒的話語。

「私生女。」

有個人這麼低聲笑著說。

「妳身爲一個老師，難道分不清楚什麼話能和孩子說，什麼話不行嗎？」

我並不是會躲起來哭的軟弱小孩，因此回家後就把這件事告訴了媽媽，隔天她立刻來到學校。

「這……姬小姐，我眞的沒想到會發生這樣的事情。」班導緊張地辯解，但我媽媽仍不打算輕易罷休。

我沒必要在這等著，於是先回了教室。

大家一見到我便安靜下來，我在自己的位子坐下，劉玳琳率先開口：「妳媽媽來了，我看到了，她在罵老師。」

我拿出課本，安靜地翻閱。

「爲什麼要罵老師？老師只是說了實話而已。」章章說。

「是啊，沒有爸爸爲什麼怕人講？」劉玳琳搭腔。

「妳們不要這樣，我也沒有爸爸啊。」一個胖胖的男生說。

「對啊，我也沒有媽媽，爲什麼要這樣？」幾個人跟著附和。

「不一樣，家偉你爸爸是意外過世，心盈妳爸媽是離婚，可是姬品珈不一樣。」

劉玳琳揚起討人厭的微笑，而我一陣胃痛。

她了解到了什麼程度？

「姬品珈的媽媽以前是明星對不對？就是姬雪吧？早上我媽送我來學校時，看見妳媽媽和妳一起來找老師。我媽媽說，姬雪以前很紅的，新聞都有報，她和一個有錢的男人談戀愛，還生下了小孩，可是那個男人早就結婚了，所以姬品珈是私生女，才會沒有爸爸，她的爸爸媽媽是淫亂的男女，才會生下她！」

基本上，我認爲曉得「淫亂」這兩個字的小三生才大有問題。

然而當時我年紀太小，而且我的潛意識之中，的確對這一點感到自卑。

對，我不清楚自己的爸爸是誰，不過對於那些新聞，我也並非全然不知。雖然媽媽從來沒承認，但也沒否認新聞裡說的那個有錢男人就是我爸爸。

她總是提醒我，「低調」是我們母女最該做的事。

「我媽媽說，她們住的大廈是那個男人給的，因爲沒辦法娶姬品珈的媽媽，所以他給了很多錢！」劉玳琳越說越誇張，明明根本沒這回事。

我媽媽曾經是明星，肯定存下了不少錢，而我連「爸爸」這個人都沒見過，要怎麼拿「爸爸」的錢？

「然後呀，我媽媽很訝異姬雪的女兒跟我同班耶！」劉玳琳頓了頓，「我媽媽是記者喔。」

這句話讓我整個人愣住，翻課本的動作停了下來。

「呵呵，原來是私生女，長得這麼漂亮，就像壞女生。」章章嘲諷。

砰的一聲，我突然站起來，椅子撞到後方的桌子，嚇得後面的同學跟著跳了起來，我的大動作讓大家都是一愣。

「怎、怎樣？我們又沒有說謊，講實話不行嗎？」劉玳琳也起身，比我矮了半顆頭的她其實一點也不可怕，無論她說再多酸言酸語，我都可以當作耳邊風。

可是她剛才說了，她的媽媽是記者。

而我的媽媽此刻正在辦公室和老師爭執。

媽媽當明星已經是很久以前的事，她早就離開演藝圈了，然而如果她的舊聞被挖出來，那麼她會再度受到傷害的。

我真笨，怎麼可以告訴媽媽這件事？明知道她一定會來找班導理論。雖然班導很年輕，大概不清楚媽媽的身分，但其他資深的老師呢？

「對了，我媽媽還說，一直沒有人看過姬雪的小孩長什麼樣子，只要看到長什麼樣子，就能確認是不是那個有錢男人的小孩了。」劉玳琳說完，我下意識拿起課本遮住自己的臉。

全班女生瞬間興奮地嚷嚷起來，男生們則多半搞不清楚狀況，不過，這種時候調皮的男生反而沒有跟著起鬨，而是安靜下來。

值得慶幸的是，當年有照相功能的手機還不普遍，所以沒有人可以馬上拿出手機拍下我的模樣。我趁機跑出去，上課鐘聲隨後響起，她們即便不想讓我逃走，也沒膽子在鈴響後離開教室。

我跑到導師室門口，發現媽媽身邊圍著其他老師，而媽媽的氣燄似乎沒那麼高漲了。

「妳是姬雪對吧？天啊！我以前看過妳演的戲啊！」

媽媽的本名當然不是姬雪，不過她確實被認出來了。

我現在進去會不會造成她的困擾？

「姬雪的孩子在我們學校念書嗎？」一名年約四十幾歲的老師問，頓時，幾個年紀較大的老師都露出心領神會的表情。

不妙……這樣下去不行。

「媽媽！」我大喊，不忘用課本遮住自己的臉。

媽媽轉頭，趕緊過來拉我的手，「我們先回去了。」

「等等，姬小姐——」

班導在後頭喊著，但媽媽頭也不回地帶著我離開學校，連我的書包都沒有回去拿。我們上了車，回家收拾簡單的行李後，便搬離了原先的住處。

隔天，新聞報導出現媽媽的消息。

你還記得她嗎？

息影已久的女星，姬雪，她曾經轟動一時，卻在當紅之時引退產子。當年盛傳，她所生下的是張姓富商的孩子，然而這件事情始終未能獲得證實。張姓富商的結髮妻子，同時也是三行銀行的大股東之一丁香玲表示，這些傳言皆是子烏虛有。而後姬雪完全消失在螢光幕前，連孩子的性別都無人知曉。不過十年後的今天，姬雪的蹤跡再次出現，同時我們也得知當年的孩子是個非常漂亮的女孩……

新聞畫面播放著她過去的影視作品片段，以及她和張姓富商同進同出的舊照。

「媽……」我小聲喚她。

「品珈，妳暫時沒辦法去上學了。」媽媽沒有回頭，她咬著指甲，身子微微顫抖，「應該好一陣子都沒辦法去上學了。」

「對不起……」我掉下眼淚，覺得自己的莽撞給媽媽添了麻煩。

「不用對不起，我怎麼可能讓妳被其他人欺負。」媽媽攬過我，「只是……」

忽然，媽媽的手機響了起來，電視上的記者正在訪問丁香玲，而媽媽看了手機螢幕，臉色有些發白。

「喂……」

「這是怎麼回事？不是說了，一輩子別讓我再聽見妳們的消息？」電話那頭傳來嚴肅的女人聲音，音量很大，連我都能聽清楚。

「這一切都是意外……」

「別再有第二次，妳知道的，給妳們一條路已經是我最大的寬容。」說完，女人掛斷了電話。

媽媽深深嘆氣，用食指和拇指按壓著山根。

我望著電視螢幕，丁香玲正說著：「我和我先生之間一點問題也沒有，這陳年舊聞你們到底還要報多久？」

她的聲音，和剛才電話裡頭的聲音好像。

「品珈。」媽媽的語氣流露出疲累，「答應我，妳要低調，懂嗎？我們唯一該做的事情，就是低調。」

「低調是什麼？」我抖著嗓音，直到媽媽的手擦過我的臉龐，我才明白自己在哭。

「就是安安靜靜的，不和其他人爭吵、不引人注意、不要表現得太亮眼，可以嗎？」

我指向電視螢幕，張姓富商和他的妻子出席了某企業的紀念酒會，他們站在舞臺上接受鎂光燈的洗禮。

「請問您知道最近的新聞嗎？姬雪的女兒與您是否……」

「沒有的事。」沒等記者說完，張姓富商便淡淡回應，攬緊一旁的丁香玲，「我和我太太，都受夠了這個捏造的新聞。」

「女明星嘛，爲了名氣，什麼謊言都會說的，不是嗎？」丁香玲微笑。

我吸著鼻子，「那個人，就是我的爸爸嗎？」

媽媽注視著我，她沒有像以前那樣敷衍我。

「我們……拿過他們的錢嗎？這才是我們要低調的原因，是嗎？」

「品珈，妳還太小，我不知道怎麼跟妳解釋，但是……」

「妳騙人！妳怎麼可以做壞事？」我喊出來，打斷了媽媽的話，並且後退一大步，不讓媽媽碰觸。

當年的我不太懂什麼小三、什麼外遇、什麼婚外情。

也不明白女明星攀龍附鳳、勾搭政商名流藉此提升知名度之類的事。

更分辨不出來，我的媽媽是不是會做出那種事的女人。

只是隱約覺得，那些似乎不是好的行為，而我是由於那些不好的行為誕生出來的。

最讓我受打擊的是，我媽媽真的拿了他們的錢。

畢竟那時候我才小學三年級，天真得無法明白，有時候「錢」是妳最無法拒絕的現實。

我在人生中的第一章，明白了自己是富商的私生女。

因為是女孩子，我並沒有受到張家的重視，再加上爸爸的老婆又是個狠角色，所以媽媽被用一大筆錢打發了。

這也沒辦法，要是真的和對方爭起來，理虧的終究是媽媽，況且媽媽除了女明星的身分，沒有任何後盾，哪能跟銀行財團抗衡？

所以她懂得退讓，因為她還有我。而如何能讓我過上好的生活？如何能保護我不讓記者找到？或者，當記者找到我了，她能不能再把我藏起來？在家自學？把我送出國？

這一切都需要錢，不是嗎？

後來，媽媽請人幫忙申請了自學課程，從此我開始了另一段新的歷程，人生中的第二章隨之展開。

這並不是因爲我在自學的過程中獲得了什麼，而是因爲遇見了他們。

✦

和我一起自學的有四個孩子，自學的地點就在其中一個孩子家的別墅。除了四十幾歲的男老師，那裡還有兩位幫忙準備餐點的阿姨。

老師的名字叫彼得，他的五官深邃得宛如有外國血統，卻是土生土長的臺灣人。在黝黑皮膚的襯托下，他臉上那道自右邊臉頰延伸至脖子的陳年傷疤格外顯眼。

我沒見過其他孩子的家長，每天媽媽將我送到別墅後，也不會下車或向彼得老師打招呼，她總是在目送我進屋後就離開，其他人的家長亦同。

我想，我們五個孩子之所以會脫離體制自學，大概都各自有不爲人知的緣由。會這麼認爲，除了我本身如此以外，也因爲大家都特別早熟，從來不會談論彼此的私事，而且彼得老師從不喊我們的本名，皆以綽號稱呼。

我的綽號是小品，一個比較胖的男孩叫做小胖，而另一個像混血兒的女孩叫小潔。還有個瘦小的女孩是小怕，她總是和濃眉大眼的帥氣男孩小寶在一起。

其實，我對自學課程的內容印象不深，只記得幾乎都在玩耍。有時彼得老師會領著我們去戶外走走，告訴我們路邊樹木和花草的名稱，也告訴我們植物的開花結果是由季節決定，並藉著昆蟲與風的幫助來繁衍；老師還會帶我們去博物館或美術館，了解星象與宇宙的變化，以及如何運用色彩恣意作畫。

偶爾我們也會去電影院，學習安靜地欣賞影片，看完之後再前往速食店，一邊用餐一邊討論裡頭的情節。

有時候，我們會收看完全聽不懂角色在說什麼的卡通，可是看著看著，仍會因爲角色逗趣的肢體動作而開懷大笑。彼得老師說，那陌生的語言是英文，要我們試著模仿卡通人物的發音，每天學一、兩個詞，先從早安、午安、晚安開始，再來是麵包、牛奶、蘋果等簡單的單字。最後，每天早上我們會試著用英文說出自己吃了什麼早餐。

多年後我才意識到，當時彼得老師是多麼用心，每天都想辦法讓我們透過日常生活學習知識。不過，我要說的重點是關於那幾個同學。

雖然大部分的時間都在與彼得老師互動，我們也有不少屬於自己的活動時間，小胖通常會去找阿姨討東西吃，小怕會抱著她的布娃娃坐在落地窗邊晒著太陽睡覺，小潔則會在客廳看娛樂節目、翻閱雜誌，而我會選擇看漫畫，或者發呆休息。

那小寶呢？

有一天我忽然感到好奇，小寶都在做些什麼？

除了一起上課的時間，他總是不見蹤影。

當我開始在意小寶的行蹤時，便注定了我未來的人生將面臨某個重大轉折。

「妳有看見小寶嗎？」我來到客廳，詢問正在看雜誌的小潔。當時我大約十一歲，小潔應該也是差不多的年紀，但她留著一頭長髮，穿了耳洞，似乎還畫了眼線。

「我不知道。」小潔用氣音回答，並豎起食指放在嘴唇前，示意我小聲點。

「怎麼了？」

她指了指在窗邊睡覺的小怕。

在陽光底下，小怕的肌膚顯得比平常更加蒼白，穿著白色洋裝的她，就像個小天使。

「小怕也是十一歲嗎？她看起來好小。」我問，不只是因爲小怕身材瘦小，也因爲彼得老師教學時，小怕的反應時常慢半拍。

「小怕小我們兩歲。」小潔皺起眉頭，似乎很訝異我現在才曉得這件事。

「原來如此，我以爲大家都是同樣的年紀，才會一起學習。」

「小怕比較特別。」小潔望著小怕，「如果妳要找小寶，去外面看看吧。」說完，小潔起身朝小怕走去，然後在小怕身邊坐下，陪她一起晒太陽。

不知道爲什麼，看著這一幕，我驀地發覺自己都和他們一起上課一年多了，卻對他們一點也不了解。

因為我不想讓他們得知我媽媽是姬雪，怕他們問我，所以我也從來不問他們的事情，我以為他們也一樣。

如果我沒記錯的話，這棟別墅是小胖家提供的，所以可以肯定，小胖也不是出身自一般人家。而小潔至少知道小怕比我們小，還知道要去哪裡找小寶。

以前我從來沒有好奇過，為什麼這時會突然好奇起來呢？

若當時我沒有選擇去屋外尋找小寶，之後的命運肯定會完全不同。可是，我就是如此選擇了，才會有後續的故事。

小胖家的別墅位於山中，周遭環境清幽，而別墅後方不遠處便是後山花園。

彼得老師見我出去，從門內探頭問我要去哪。

「我去找小寶。」

「他大概會在後面的一棵大樹那裡，你們別跑太遠，等等就回來喔。」彼得老師說，我點點頭，朝他指的方向走。

沿著別墅後頭的小徑前行，沒多久我就看到了小寶的背影。他跪在地上低著頭，像是在禱告，我不自覺地放輕腳步。

「求求你……保佑……」

我聽不清楚他在說些什麼，只見小寶抬頭注視著茂密的大樹，然後起身擁抱了樹。

彷彿與樹融為一體，風一吹，樹葉搖曳著發出沙沙聲響，小寶的頭髮與衣襬隨風揚起。他轉過身，我來不及閃躲，對上了他的褐色眼睛，他似乎有點訝異我的出現，但隨即微笑。

「小品，妳怎麼會來這？」他的聲音輕柔，整個人帶著一絲距離感。

「我只是好奇，每次自由活動的時間你都跑去哪了。」我老實回答，覺得眼前的小寶看起來好不眞實。

小寶有如樹的精靈一般，渾身散發出脫俗的氣息，似乎只要風再強一點，就會把他吹散。

「妳也會對我們產生好奇？」小寶十分訝異，「妳明明總是一副『別靠近我』的樣子呢。」

「我有這樣嗎？」我扯扯嘴角。

「是呀。」小寶輕笑，看了下自己的手錶，「我們差不多該回去了。」

我想起方才彼得老師也說過，要我們快點回去。

於是，我跟在小寶身後，這好像是我第一次這麼仔細打量他。他的身形修長，比我高出半顆頭，肌膚和小怕一樣白皙，穿著白色上衣和黑色長褲，和以前班上的那些男生都不一樣，感覺像是卡通裡的王子。

「你剛剛在做什麼？」

「什麼？」

「你在向樹求什麼嗎？」

「妳聽到了？」小寶沒有回頭。

「聽不清楚。」

「是嗎。」他並未告訴我答案，就這麼走回了別墅。

我們進屋時，小怕已經醒了，她和小潔坐在客廳看電視。一看到小寶，小怕就朝他伸出雙手，而小寶揚起微笑，來到小怕身旁摸摸她的頭，溫柔地問：「妳在看什麼？」

「卡通，很好看喔。」小怕笑了，然後揉了揉眼睛，「我又想睡了。」

「那妳就在這邊睡一下吧。」小潔柔聲說，拿過一旁的毯子替小怕蓋上。

「準備上下午的課……」彼得老師從廚房走過來，見小怕在睡覺，便放輕腳步、壓低聲音，「那我們到樓上去上課，讓小怕休息吧。」

「王媽，請妳幫忙注意一下小怕。」聞言，手裡拿著冰棒跟在彼得老師後頭的小胖，朝廚房裡喊了句。

小潔和小寶也放輕動作，離開客廳的沙發邊，顯然是要避免吵醒小怕。

當我和他們來到二樓的書房時，我問了小潔：「你們是在這裡認識的嗎？」

「這裡？」小潔不明白我的意思，不過小寶懂了。

「我們認識很久了。」

果然是這樣，「那你們一直都是自學嗎？」

「不是，我們上過小學，二年級才開始自學。」小潔指了指前方的小胖，「但和他就是在這邊認識的。」

小胖憨憨一笑，「我們的親戚好像認識，我也搞不太清楚。」

「你們在聊些什麼呀？」彼得老師將一塊附輪子的小白板推過來，發現我們幾個罕見地在聊天。

「今天小品很奇怪，居然好奇我們的事了。」小潔據實以告。

「這樣嗎？」彼得老師似乎有點高興，「那，我們這堂課要改成認識彼此嗎？」

「不用，不需要。」我立刻拒絕，再次豎起防衛的高牆。

「放心，不想講的，就不必講。」彼得老師打開白板筆的筆蓋，在白板上寫下「緣」這個字，「你們聽過關於緣分的一些說法嗎？」

大家你看我、我看你，一同搖搖頭。

「世界上有這麼多人，你們曾經想過是什麼樣的原因，讓你們現在可以坐在彼此身邊嗎？」彼得老師又在白板上寫下一段話，『十年修得同船渡，百年修得共枕眠』，上輩子修行了十年，才有辦法與某個人搭乘同一艘船渡河，而要修行百年，才能與某個人結婚，這番話就是在說我們要惜緣。」

「彼得老師的意思是，我們能坐在這裡一起上課、說話，也是上輩子修了好幾年嘍？」小潔問。

「是呀，仔細想想，不覺得這一切很神奇嗎？為什麼會是他，而不是另一個人在妳身邊呢？這是不是緣分呢？而又是基於什麼樣的原因，才會造就這樣的緣分呢？」

「命運之書……」我輕聲說，其他人看過來。

「小品，妳說什麼呢？」彼得老師問。

「呃，這是我自己亂想的，沒事。」我覺得講出來有點丟臉，彼得老師卻微笑著鼓勵，「說說看呀，我們要練習表達自己的想法，而且勇於說出來，才能和其他人交流討論。」

我看了下大家，小寶顯得相當有興趣，小潔也歪了歪頭。

「說呀，小品。」小胖催促。

「嗯……人死後不是會投胎嗎？我自己認為，人投胎的時候，其實可以自己選擇下輩子的命運，上天會根據你這輩子做的事情，編出三本不同的命運之書……」我述說起自己的想法。

無論這輩子遇到誰、跟誰談了戀愛、發生了什麼事，其實都是你投胎時自己選擇的。三本書裡的命運各有所長，也各有所短，若是家庭富裕，可能就無法擁有穩定的感情；若是身體健康，可能就無法得到溫暖的親情；而若事業成功，可能就無法度過快樂的童年。

聽了我的說法，彼得老師訝異地睜大眼睛，「小品，妳年紀輕輕，居然會有這麼富有禪意的想法，我很喜歡呢！」

「照妳這麼說，如果眞的是我們自己選擇的，那投胎的時候，我們都選擇了在此刻和對方坐在這邊一起上課了，是嗎？」小寶摸著下巴。

「嗯，應該是這樣。」

「眞的是這樣的話，那就更加印證了緣分兩字，畢竟你們是經由彼此認可的相遇呀。」彼得老師滿意地做出這個結論。

「聽起來有點噁心，不過想想也不錯。」小潔哼笑一聲，「假如是自己選的，那就沒什麼好抱怨的了。」

她這句話讓我有些在意，她遇到了什麼事情，使她為此怨天尤人嗎？

「但是，難道小怕會選擇讓自己生病？」小胖突然問，空氣頓時彷彿凝結了，我也愣住了。

「小怕生病了嗎？」我看著彼得老師，他只是微微一笑。

「啊……對不起，小寶……」小胖趕緊摀住嘴巴。

「沒關係，多一個人照顧小怕也好。」小寶揚揚嘴角，轉而對我說，「小怕的身體狀況不適合在一般學校上課，所以我們才會轉為自學。」

「她的病……很嚴重嗎？」我想起小怕遲鈍的反應，以及瘦弱又蒼白的模樣，我之前怎麼都沒意識到呢？

「不能說不嚴重，不過不會傳染。」小寶回答，「請別在小怕面前露出這種表情，她不需要同情，用跟以前一樣的態度對待她就好。」

小潔沒有說話，而我看了下其他人，視線又轉回小寶身上，「你跟小怕是什麼關係？」

「她是我妹妹。」小寶扯出一抹微笑。

第三章

如果小胖、小潔、小怕、小寶四個人本來就認識的話……

那他們何必用綽號稱呼彼此？

是因爲我的加入嗎？

因爲我必須隱藏自己的名字、必須低調的關係？所以大家才配合我，都用綽號？

這個問題，我不太敢提出。

畢竟如果他們問了我的本名，我也不能說，甚至連理由都講不出口。

所以，我們還是繼續用綽號稱呼彼此。

在相當於小六畢業的那年，彼得老師說要幫我們舉辦一場畢業旅行。

他發下通知單，讓我們回去交給家長過目，行程內容很簡單，兩天一夜，我們會留在小胖家的別墅過夜。

「妳想去嗎？」媽媽只問了我這句，我用力點頭。

她勾選了同意，然後又問：「他們值得信任嗎？」

「妳不認識他們的父母嗎？」

「不認識，但那些孩子都有一定的水準，不會遇到像上一間學校的問題。」

如果我沒有轉學到盼陽國小，如果我沒有和劉玳琳發生衝突，如果我沒有告訴媽媽那件事，如果媽媽沒有來學校……

我和他們四個人的相遇，是一連串的「如果」所造就的緣分。

想到此處，我的心緒翻湧不已，彼得老師提過的「緣分」兩字深深烙印在我心中。

畢業旅行那天，我帶著行李抵達了小胖家的別墅。透過落地窗，我看到他們都在裡頭了，於是用力向他們揮手。

總是待在窗邊晒太陽的小怕瞧見我，也開心地揮手，其他三個人見狀跟著來到窗邊，一起招手。

「媽媽，我先進去了。」我下了車，朝車窗裡喊，而彼得老師走了出來。

「快點進去吧。」老師摸摸我的頭，「姬小姐，請您放心把孩子交給我，有問題也都可以隨時聯繫。」

「麻煩你了。」媽媽並不打算多做停留。

「姬小姐……」彼得老師走到車邊，我急著進屋，沒有繼續聽他們說了些什麼。

「小品，妳知道嗎？彼得老師說要帶我們去遊樂園玩！」小怕在門口迎接我，劈頭就興奮地說，她蒼白的肌膚泛起難得的紅暈，但很快就因爲過於激動而咳嗽起來。

「妳別那麼興奮。」小寶拿了溫水過來，讓小怕小口小口喝下。

「是呀，要是等等又發燒了，就不能去嘍。」小潔嚇唬她。

「不會，不會不會。」小怕趕緊搖頭，又喝了幾口溫水，「我去那邊乖乖坐著，等一下就可以出發了！」

我笑了，接著瞥見媽媽的車還在那裡。

彼得老師上身倚在副駕駛座的車窗邊，似乎正在說話，可是媽媽卻搖起車窗，直接踩下油門駛離，老師的手肘甚至還靠在車窗上。

「怎麼了？」小寶走到我身旁，順著我的視線往外看，背影挺拔的彼得老師仍站在原地，望著媽媽已經開遠的車子，「那是妳媽媽嗎？」

小寶這一問，讓我緊張起來。

「你有看到嗎？」

「看到什麼？」

「我媽媽的長相。」

「沒有。」小寶皺眉，「怎麼了？」

「沒事。」

「好啦，我們可以出發嘍，都準備好了嗎？」彼得老師回到屋內，他這一宣布，小怕馬上跳了起來。

「耶！出發！出發了！」小怕拉著小寶的手，「快點，小寶快點！」

見小怕如此開心，我也對接下來的行程期待了起來。

彼得老師開了一臺九人座的休旅車來載我們，王媽也陪同。她帶了兩個大竹籃，說我們可以在遊樂園野餐，令所有人都更加雀躍了。

外頭陽光普照，風光明媚。仔細想想，我從來沒和朋友一起去過遊樂園，雖然其實我根本沒什麼朋友。

如果我在一般的小學念書，那參加畢業旅行的時候，會有朋友跟我一起行動嗎？應該說，我會交到要好的朋友嗎？

「在想什麼？笑得這麼開心。」坐在我前方的小寶轉過頭，我不禁摸上自己的臉頰。

「我有在笑嗎？」

「有喔，妳笑得像是中了樂透一樣。」小潔也轉頭幫腔。

「小品也很期待對不對！」坐在他們兩個中間的小怕興奮地說，她臉上的笑意從剛才就沒消失過。

「但小怕去遊樂園沒問題嗎？」坐在我旁邊的小胖問，「她不是很怕人多的地方？」

「放心，我們都在，不會有事的。」小寶的手覆在小怕的手背上。

「是呀，而且還有我和王媽，不用擔心。」彼得老師打了方向燈，駛上高速公路。

我們要前往的遊樂園在北部，雖然有點距離，但路況順暢，興奮的我們不停聊天，很快便抵達了遊樂園的停車場。

「哇！好多大車子呀！」小胖的注意力被一臺臺遊覽車吸引，我則在意著關於小怕害怕人多的地方這件事。

不過這份擔憂馬上就被小怕快樂的神情驅散了，她的眼睛閃閃發亮，顯然對遊樂園的一切都感到新鮮。雖然和小怕的年齡相差不多，可對我來說，她就像妹妹一樣，我總是不自覺地因為她的笑容而由衷地開心。

「這邊有賣棉花糖和氣球，你們一人只能選一樣，要哪樣呢？」彼得老師在一臺花車攤販前詢問大家，小胖毫不猶豫地選了棉花糖，而小潔選了氣球。

「我不知道要選哪個……」小怕猶豫不決。

見小寶拿她沒辦法似的一笑，正要開口，我搶先對小怕說：「那我們一人選一樣，好不好？」

「可以嗎？」小怕看著我，語氣遲疑。

「我和她一起就好了，妳選妳想要的吧。」小寶大概是不想讓自己的妹妹麻煩別人，於是開口婉拒。

「沒關係，棉花糖的話我自己吃不完，氣球我也沒什麼興趣。」我說的倒是實話。

「哇！那我們要哪個顏色？」小怕興沖沖地牽住我的手，就要拉著我來到攤販前，我趕緊掙脫。

「妳決定就好。」我站在原地笑著，躲到了小寶身後。

雖然站得有些遠，我仍然可以瞧見攤販賣的棉花糖，以前只看過白色和粉紅色的，沒想到這邊還有藍色及彩色的。

最後，小怕選擇了七彩棉花糖，我和她走在彼得老師和小寶中間，兔子與貓咪造型的氣球在半空中飄啊飄的，小潔也揚起了嘴角。

繽紛的色彩、歡騰的音樂、輕飄飄的氣球，遊樂園對身爲孩子的我們來說，確實就如天堂一般。

彼得老師建議我們先去搭摩天輪，從高空俯瞰過整座遊樂園後，再決定接下來要玩什麼遊樂設施。

摩天輪的車廂空間有限，所以我們必須分成兩組搭乘。小胖立刻說要和王媽待在一起，想必是爲了隨時有食物可吃，而彼得老師必須照看小怕，小寶自然也跟著小怕，所以我打算去王媽那邊的車廂，小潔卻拉住我。

「妳和小寶他們一起。」

「咦？爲什麼，妳和他們……」

——不是青梅竹馬嗎？

我沒把話說完。

「小怕今天比較黏妳，就陪陪她吧，而且妳還要跟她一起吃棉花糖。」小潔聳聳肩，神情沒有不悅也沒有失落，乾脆地進了王媽所在的車廂。

「快點過來唷，不然車廂要關了。」彼得老師探出頭喊，我看了小潔的側影一眼，匆匆上了老師和小怕待的車廂。

工作人員關上車廂門，我坐到小怕身旁，她拉住我的手，指著窗外的景色，「看，好漂亮，旋轉木馬變得好小！」

我跟著望出去，「還有小飛象呢，現在我們飛得比它還要高了。」

說著，我用眼角餘光瞥見彼得老師和小寶正驚奇地盯著我瞧，於是用嘴型問他們怎麼了，小寶一手握拳抵在嘴巴前，微笑著搖頭，然後也望向他那邊的窗外。

「好像第一次看到小怕黏小寶以外的人呀。」彼得老師睜圓了眼睛，「連小潔都做不到呢，小怕，妳是被棉花糖收買了嗎？」

「老師。」小寶提醒似的喊了一聲，而彼得老師笑了笑。

小怕認眞地回答：「因爲，我覺得小品和我有點像。」

「我們像嗎？我哪有妳這麼嬌小可愛。」我伸手要搔小怕癢，卻驚覺她比我想像中還要瘦弱。

「是害怕人群這一點。」小怕注視著我，語氣肯定，「每次校外教學，妳總是會躲在彼得老師後面。」

「我有這個樣子？」

小寶和彼得老師一齊點點頭，「連小怕都能注意到，妳就知道有多明顯了吧。」

原來我下意識做了這樣的舉動？

「我不是害怕人群，我只是……」怕被人發現我是誰，怕我又給媽媽添了麻煩。

但我沒有把話說完，他們也沒有要我繼續說，就這樣換了別的話題。

搭乘完摩天輪後，我們又玩了幾項設施，最後是小胖的肚子叫了起來，大家才發覺早該吃午餐了。我們在園區內找了張空桌，一行人圍坐在桌邊，王媽打開竹籃，只見裡頭有三明治、壽司、水果以及麵包，王媽甚至還幫每個人帶了茶水。

我訝異地心想，這些東西不會都是王媽一個人提著的吧？但隨即注意到小寶甩了甩手。先前的幾個畫面在腦海裡浮現，竹籃似乎是由小寶和彼得老師拿著的，我頓時覺得自己不夠細心，只顧著玩樂，沒有幫忙分擔。

「今天好多學生，不是要上課嗎？」小潔吃著三明治，望著眼前來來往往的人群，經她這麼一說，我才意識到同年的人確實很多。

「畢業旅行嗎？」小寶伸手拿了壽司，我也拿了顆番茄，就在這個瞬間——

「咦？眞的是妳耶？」

我渾身一僵，手上的番茄掉回籃子裡，以爲自己聽錯了。

劉玳琳和章章等人靠近我們的桌邊，一臉驚奇，「妳居然在這裡呀。」

血液猶如凍結了一般，我的腦中迅速閃過當年的回憶。

「好久不見了，妳過得好嗎？」劉玳琳的表情像是以前我們沒有過任何不愉快，不過就是遇見了老朋友。

有那麼短短的一瞬間，我天眞地以爲不會有事。

可是下一秒，她冷不防拿起手上的相機，對著我拍了張照片，我用最快的速度遮住自己的臉。我不確定她有沒有拍到，但我連尖叫都不敢，只是蹲下了身子。

腦中翻騰的是媽媽要我低調的凝重表情，還有新聞畫面不斷播放著姫雪的陳年緋聞，以及我所謂的「爸爸」否認傳言的冷淡模樣，和丁香玲的冷嘲熱諷。

「妳在做什麼！」

「幹麼啦？我們是她的朋友！」

「不要鬧了，走開。」

「妳又是誰啦？」

「喂，大家快過來，你們猜猜遇到了誰？」

周遭吵攘起來，他們發生了衝突，而不知是幻覺還是眞實，我的耳邊不斷響起快門聲。閃光燈幾乎要刺瞎我的雙眼，我摀住自己的臉，死死不放開。

忽然，有人用整個身子護在我的上方，試圖用身體保護我免於曝光，那人的體重很輕，呼吸異常急促，接著似乎倒了下去，我聽見劇烈的換氣聲。

「小怕氣喘發作了！」這是王媽的聲音，四周馬上安靜下來，小寶隨即大吼：「小怕！」

我鬆開了手，掌心全是淚痕，只見蒼白又瘦弱的小怕胸膛急速起伏，她換不過氣來，眼角流下淚水，神情無助。一旁有好幾個人，大多都是我之前的同學，他們顯然對於小怕忽然倒地感到慌張，有些人甚至跑掉了。

「小怕，來，不要緊張，我們慢慢呼吸。先慢慢吸氣……」小寶扶起小怕的上半身，而小潔從小怕的外套口袋裡拿出支氣管擴張劑。

小怕閉起眼睛，淚水和鼻水遍布在她的臉龐，而小胖和王媽急急收拾桌面上的東西，等小怕終於稍稍穩定下來後，小寶立刻將她打橫抱起。

我站在原地發愣，這個時候，劉玳琳又舉起相機對著我們幾個人拍照，燈光一閃，小潔猛地回頭，衝過去拍掉了她的相機。

「妳做什麼！」劉玳琳怒吼。

「妳才是在做什麼！妳有病嗎？」

「妳是怎樣？」章章衝上前推了小潔，小潔往後踉蹌幾步，小胖連忙扶住她，總是笑笑的他難得滿臉怒容。

此時，一個高大的身軀擋到我們面前，彼得老師面帶淺淺的笑，眼神裡卻沒有一絲笑意，「王媽，麻煩妳先帶孩子們去停車場。」

「來，孩子們，快跟我走。」王媽拉過小胖和小潔，小寶則抱著小怕率先邁步，「小品，走了。」

那些照片……相機拍到我了……

「彼得老師……那個……」

「別擔心。」彼得老師似乎明白我的意思，他朝我一笑，點點頭示意我先離開。

我跟上王媽，卻忍不住頻頻回頭。面對高大的成年男子，劉玳琳她們幾個小女生當然會害怕，趕緊就要離開，沒想到彼得老師伸手搶走了她們的相機，在她們喊叫之前把相機摔壞。

後續怎麼處理我不知道，但是我聽見劉玳琳她們尖叫，保全人員隨即趕到現場。我們幾個人在車上等了一會兒，彼得老師才沒事人似的回來。

「好了，我們回去吧。」

她們怎麼樣了？相機呢？還有老師不要緊吧？

許多問題在我的腦中打轉，可是車內相當安靜。直到駛出遊樂園，王媽才開口問：「需不需要帶小怕去一趟醫院？」

「不用，我不要去醫院。」小怕虛弱地說，「老毛病了，等等就會好的。」

她按著胸口，看起來十分難受。

「妳吃藥了嗎？」彼得老師問。

「吃了。」小寶讓小怕躺在自己的腿上，「她不需要去醫院。」

「嗯，那你們睡一下，等回去後，晚上我們來烤肉吧。」我從後照鏡中看見彼得老師露出熟悉的笑容。

「耶，太棒了，我好餓！」小胖歡呼。

「你不是才剛吃完東西嗎？」小潔吐槽。

只有我絞著手指，緊咬下唇，「對、對不起，都是我……」

「快休息吧，晚上還有重頭戲。」小寶對我揚了揚嘴角，制止我的道歉。

「是啊，沒事的，小品，妳不必擔心，我都處理好了。」彼得老師也安撫我。

彼得老師曉得我媽媽的真實身分。在這一瞬間，我明白了他的角色不僅僅是一名老師，更是保護者。

雖然我不清楚其他四個孩子的背景，不過彼得老師似乎都了解，他是一個堅固的防護罩，將我們好好地安頓在裡頭。

我鬆了一口氣，眼皮逐漸重了起來。

隨著車子搖搖晃晃地行駛，我夢見自己正在畢業旅行的遊覽車上，自學課程的大家都是我的同學，小怕也跟著小寶一起來參加。我們一邊吃零食、一邊唱歌，拍了許多合照，完全不用擔心他們把我的長相洩露出去。

有趣的是，在夢中，我們稱呼的是彼此的本名，他們叫我姬品珈，可我不記得自己是怎麼喚他們的。

等我張開眼睛時，已經躺在別墅客廳的沙發上了，王媽幫小怕吹著頭髮，外頭飄來好香的烤肉味。

「妳醒來了啊？」端著肉片進來的小寶一見我便說，我聽到嬉笑聲傳來。

「我睡了很久嗎？」

「很久喔，我都洗完澡了。」小怕淘氣地笑。

「剛好趕上吃東西，快來吧。」小寶將盤子放在桌上，「小怕，妳就留在屋裡吃吧，外頭涼了，我怕妳感冒。」

「不要！我也要去外面！」小怕端起盤子就要往外跑，王媽慌忙從後頭拉住她。
「等一下，頭髮還沒吹乾呢。」
「我要去外面啦！」她任性地說。
「好吧，那妳要多穿一件外套。」小寶拗不過她。
我從沙發上坐起來，小寶問我：「妳要出來嗎？」
「嗯。」我將頭髮隨意綁起，跟著他走到了室外。
夜晚的山林空氣清新，天上的月亮灑落光輝，彼得老師站在烤肉架前替肉片刷上醬料，另一位阿姨則忙著將肉片裝盤。
「睡醒了啊？」小潔正在和小胖玩仙女棒，歪頭看著我，「妳睡得很熟耶。」
「快點，小品，也有妳的份喔。」小寶抽出一根仙女棒遞給我，我愣愣接過，發現自己從來沒有玩過。
他幫我點燃了仙女棒，在漆黑之中，只有別墅的燈光以及淡淡的月光，和我們手中的點點火光。小寶蹲在我眼前，與我一同凝視著絢爛的星火。
「今天謝謝你們，也對不起你們。」我輕輕開口，不確定他們有沒有聽見。
但是，所有人都安靜了一秒，露出微笑。
「好啦，盡量吃吧！」彼得老師拍了一下手，「你們今晚的任務，就是吃完這些東西，然後……」
彼得老師神祕地一笑，其他人似乎都曉得他要說什麼，小怕從屋內蹦蹦跳跳地跑出來，高興地大喊：「螢火蟲！」

別墅後方的樹林，是我們平常不會涉足的地方，不過據大家所說，穿過林間小路，會來到一條清澈溪流的上游。幾乎沒有人知道那個地方，遊客通常只會在比較下方的溪邊賞螢，所以那裡是一個祕境。

我沒親眼看過螢火蟲，原本以爲會和書裡的照片一樣美麗，一片漆黑中滿是綠光點點，沒想到實際上差多了。眼前的光點黯淡，即便在黑暗中也不甚明顯，而且數量不多。

「跟我想像中的不太一樣。」我低聲說。

小怕牽著我的手，而她的另一隻手牽著小寶，彼得老師在最前方，小胖跟小潔則在我身後。

「還沒開始呢。」小寶輕輕笑了。

「還沒開始？」我疑惑地複述。

「噓。」彼得老師要我們安靜，然後一陣微風拂來，我聽見溪水流動的聲音，「注意看。」

像是被施了魔法一樣，溪邊驀地浮現綠色螢光，點點閃耀，接著一大片螢光跟著亮起，明滅不定，如同在卡通裡見過的那般美麗。

彷彿有許多發亮的小燈泡被打翻，螢火蟲群飛舞起來，圍繞在我們身邊。

我握緊小怕的手，忍不住讚歎：「好漂亮呀！」

「是啊。」回應我的，卻是小寶的聲音。

不知何時，小怕已經被彼得老師抱了起來，在前方欣賞著螢火蟲。

「啊……」我嚇了一跳，鬆開了手。

小寶似乎覺得我的反應挺有趣，「妳不會沒見過螢火蟲吧？」

「嗯，沒見過。」我扯扯嘴角。媽媽對我很好，但我們眞的很少外出。

「我還小的時候，爸媽常帶我們來看螢火蟲。」這是小寶第一次說起自己的事。

「以前在學校上課時，老師說現在看不到螢火蟲了，我就忍不住在下面偷笑。」

小胖驕傲地說，「但我可沒告訴別人，我家某棟別墅後面就能見到螢火蟲！」

「這麼說來，還眞謝謝你這幾年分享這樣的祕境給我們呀。」小潔打趣地說。

我想起了那個夢境，差點就要脫口說出自己的本名，並詢問他們的名字。

可是，我還是放棄了。

置身於這等美景之中，眞實世界離我們太遙遠。

然而，我們終究要離開那片美景，回到現實。

那天在遊樂園鬧出的騷動，我們都小看了後續效應。彼得老師的確將劉玳琳等人的相機都檢查過，並刪除了拍到我的照片，但他忽略了一個地方，就是遊樂園的監視器。

無論如何，彼得老師的行爲讓劉玳琳等人受到驚嚇是事實，因此以劉玳琳媽媽爲首的幾個家長非常生氣，找上了園方請求調閱監視器。

不過其實這只是藉口，劉玳琳的媽媽是記者，她聽了劉玳琳描述彼得老師的外型後，便想起了她的一個前輩。她只是拿「孩子被嚇著了」當理由，光明正大地要求園方交出監視器畫面。

於是，她透過畫面確定了彼得老師的身分，同時從更多的畫面中，得到我清晰的臉。

當然，那時我不知道這些事情，是多年以後才輾轉了解。

但我永遠記得那一天的匆忙與驚慌。

某個週末的下午，我不過是去了趟附近的大型書局，購買彼得老師所說的水彩顏料，離開時卻察覺，從剛才開始就有一男一女跟著我。

爲了確認是不是多心，我刻意走進便利商店繞了一圈後出來，又回到書局裡頭，結果那兩人依然在附近徘徊。

當下我首先想到的，就是記者。所以我迅速戴上口罩，並且傳了訊息給媽媽，媽媽沒有馬上回應，但我不能就這樣回家。要是被他們發現我家在哪，找到了媽媽，那就慘了。

可是，我能在這拖延多久？我在書局的走道間不斷來回走著，但他們大概忍不住了，或者覺得我不過是個孩子，於是居然筆直朝我走來。男人手中拿著相機，女人則對我微笑，「妹妹，妳不要害怕，我們不是壞人。姬雪是妳媽媽沒錯吧？」

強烈的寒意從腳底升起，我轉身就朝外跑。

「等等！快追！」我聽見女人喊，而男人按下快門的聲音不絕於耳。

我不曉得他們是哪家媒體的記者，八卦雜誌？電視新聞？我也不曉得我到底做了什麼、我媽媽做了什麼，讓他們要這樣三番兩次打擾我們的生活。

等我意識到的時候，我已經淚流滿面，我在城市中迷路了，不知道能往哪去，不知道能往哪逃。

我跑進了死巷，他們的腳步聲在後方追趕不休，我卻無路可退。

「小品？」宛如奇蹟般，旁邊的住家後門正巧打開，即便我戴著口罩，小寶仍一眼認出我，如同此刻他戴著眼鏡與鴨舌帽，我也仍一眼認出他一樣。

「有人、有人在追我！」我朝他奔去，撲到他的懷中，小寶瞥了下我的後頭，立刻攬著我，將我帶進屋內，並關起了門。

幾乎是同時，那一男一女來到巷內，女人的聲音氣急敗壞：「去哪了？不可能呀，這裡是死路！」

「都怪妳，沒事搭什麼話，我就說直接過去拍就行了！」男人氣憤地數落。

「怪我？你想被警察抓走嗎？」

我在小寶的懷中顫抖不已，他的手覆蓋在我的嘴上，以防我過於害怕而發出聲音。

我做錯了什麼？爲什麼他們要窮追不捨？

我的淚水沾溼了小寶的手背，但他沒有鬆手，直到那兩個人遠去以後，他才放開我。

「妳還好嗎？」他輕聲問，我連忙擦掉眼淚。

「沒事。你怎麼會在這邊？」我環顧四周，發現這裡是電動玩具店，「你也會打電動呀？」

「偶爾。」他扯扯嘴角。此時，我瞥見那對男女從正門進來了。

「快走！」小寶拉起我的手，打開後門，就這樣帶著我穿梭在巷弄之間。我被他拉著奔跑，在這陌生的城市，眼前的路標就是小寶。

也不曉得他們有沒有看見我們、還有沒有在後面追趕，我們兩個誰都沒放慢腳步，跑過一條又一條巷道，最後爬上一處山坡才停下。

「我、我好久沒有這樣、這樣子跑了。」我扶著一旁的欄杆，喘著氣說，小寶彎腰與我對視，我們兩個都笑了起來。

明明剛才如此驚險，我們卻莫名開懷。

小寶從口袋拿出一塊藍色手帕，爲我擦去額頭的汗水。強風吹來，小寶的帽子被吹落下山坡，他的髮絲凌亂，那雙褐色眼眸注視著我，纖長的手指輕柔又仔細地用手帕按壓著我的額頭。我的身高在女生當中算是高的了，小寶卻還是比我高上一些。

頓時，我有些彆扭，感覺自己該移開目光，但依舊看著他。

「謝謝你，小寶。」最後，我只能吐出這句道謝。

小寶沒有去找那頂不知被吹到哪去的帽子，只是笑著拉起我的手，將手帕放在我的掌心，「妳的脖子後面也要擦一擦，這裡風大，小心別感冒了。」

「你把我當小怕在照顧嗎？」我也笑了，「那你自己呢？你也滿頭大汗呀。」

「我男生，身體好。」這個說法很沒道理，可是他的語氣堅定無比。

他雙手撐在前方的欄杆上，此時我才注意到這裡視野很好，能望見遠方的稻田，而後方是芒草原。小寶忽然轉身，往那片芒草裡衝去。

「小寶！」我喊了聲，隨手將手帕放進口袋，小寶的身影隱沒在芒草之中，我頓時有些心慌，「小寶，你在哪裡？」

我走進芒草間，卻遍尋不著他，就在我焦急不已時，忽然有人抓住了我的手。我嚇得尖叫，一個旋身，小寶便這麼將我攬入懷中。

我當時是國一的年紀，我們幾個人都選擇繼續自學到國中課程結束，所以說起來我已經是個少女，小寶也是個少年了。

雖然我們一直都玩在一起，然而在這樣的場景下、在被追逐的緊張感尚未完全消退的情況下，凝視著他深邃的雙眼，我的心中彷彿也揚起了一陣奇異的風，吹亂我的心池。

我不知道自己是什麼表情，也不知道小寶爲何笑了，他牽起我的手，像幾個月前看螢火蟲時一樣，只是我的心情和那時大爲不同。

他領著我來到一棵大樹前，雙手合十，閉起眼睛，緩緩跪下。這模樣我曾經看過，當時他跪在小胖家後方的一棵大樹前。

「求求您，保佑我的妹妹能夠身體健康。」這一次，我清楚聽見了他的祈求，然後他重新起身，擁抱了大樹。

我也跟著這麼做，雖然小怕到底生了什麼病、有多嚴重，這些我都不了解。

當我擁抱完大樹後，小寶似乎很感謝我這麼做，他哼著歌，轉身往反方向而去。

「爲什麼是向樹祈求？不是應該去廟裡拜拜嗎？」我們朝街道的方向走，我忍不住問。

「因爲小怕喜歡樹。」他簡短地答。

「你剛才是在打電動嗎？」我想起那家電動玩具店，裡頭煙霧瀰漫，還有些微酒味，完全不是未成年的人該涉足的地方。

「很不符合我的形象，對吧？」小寶一笑，「我偶爾會去打電動，不過我都有稍微遮掩，以免被我爸媽發現。」他指了指自己戴著的眼鏡。

「爲什麼要去那邊？」

小寶沒有回應，我們停在十字路口，「小品，我們明天見。」

「嗯，明天見。」我握緊手中的提袋，「那個，小寶，眞的很謝謝你。」

「不客氣。」小寶揉揉鼻子，笑了起來。也許是夕陽正好西下，他的臉頰被映得紅通通的。

我們向彼此說了再見，我目送小寶的背影逐漸遠去，直到我的影子也碰觸不到他了，才轉身離開。

無論是我還是他，說出那句「明天見」時，都沒有想到，這會是最後一次見面。有的時候，「再見」不是再次相見，而是再也不見。

我哼著歌返家，在玄關看見一雙不屬於媽媽的黑色高跟鞋，以及一雙男人的皮鞋。

不祥的預感升起，我躡手躡腳來到客廳，一個身穿高檔套裝的女人站在媽媽面前。她的年紀應該比媽媽大上一些，渾身散發濃烈的香水味，並配戴了昂貴的飾品，在在顯示出她的尊貴不凡。

她看著媽媽的表情，彷彿在看什麼垃圾一般，而她的身後還站著一名穿西裝的年輕男人。男人將一個箱子放到桌面上，打開以後裡頭是好幾疊現金，媽媽坐得挺直，握緊雙拳，「這是什麼意思？」

「我才要問妳什麼意思，當初讓妳留著孩子，是因爲妳保證不會再出現，但現在……」女人嫌惡地說，手一抬，男人隨即從口袋裡拿出一個信封，女人將信封丟到桌上。

媽媽猶豫了下後才拿起信封，抽出裡頭的一張張照片，見她臉色瞬間刷白，我猜到了多半是我的照片。

「這、這是什麼時候，爲什麼……」媽媽驚慌地喃喃，女人嘖了聲。

我認出來了，那女人是丁香玲，「爸爸」的妻子。

「這是最後一次機會，我要妳們滾得遠遠的，離開這個地方。這一次我還壓得下來，下一次，就是妳女兒的臉直接被公諸於世，到時候妳知道我會做些什麼。妳女兒是妳和我先生通姦的最佳證據，我會告到妳們翻不了身，還會跟妳討回以前給妳的錢，好好想清楚。」丁香玲起身，刻意拍了拍自己的衣服，「這裡眞是髒得要命。」

她走了過來，我來不及躲閃，一見到我站在角落，她先是一愣，然後眼神變得冷酷，上下打量我，「眞是個醜女孩，跟妳媽一個德性。」

她越過我，刺鼻的香水味如鬼魅一般滯留在空氣中，使我無比煎熬。面對她的強大氣場，我無法回嘴，連幫媽媽說話都辦不到，只能注視著她離去。

當我終於找回身體的自主權，踏入客廳時，看見媽媽正將裝著錢的箱子蓋上。她找出大型行李箱，把必要的物品迅速收拾進去，並打了電話：「是我，之前請你幫我準備的……是，我們現在就過去……」

「媽，我們要去哪？」我愣愣地問。

「我們要離開這裡了。」

「但是……我明天和朋友約好了……」我想到小寶，想到小怕，想到小潔和小胖，想到彼得老師。

「我是怎麼跟妳說的！」媽媽忽然對我吼，「我要妳低調！妳看看那些東西是什麼？」

我望向桌面，照片裡是我在遊樂園的身影，以及稍早出去買東西時的背影、側臉，甚至連小寶都被拍到了。

「那不是我的錯啊！」我不禁跟著喊，「爲什麼我要這樣躲躲藏藏的？我做錯什麼了？」

「我要妳低調！這麼簡單的事情妳都做不到嗎？現在我們必須快點離開這裡，我們根本沒有能力和剛才那個女人鬥！」

「追根究柢都是妳的錯！妳爲什麼要當人家的小三，爲什麼要生下我？讓我活得這麼辛苦！」

我幾乎是不假思索地脫口說。

而我永遠不會忘記媽媽當時的神情。

「對，所以妳該認命，妳就是一個私生女，好好盡妳私生女的本分，低調，別惹事。」媽媽的眼角滑下淚水，冷著嗓音。

我們像逃難一般上了車，還在賭氣的我不肯說話，因爲我連和大家道別的機會都沒有。

但就在車子駛上高速公路前，等候紅綠燈時，我透過車窗看見了熟悉的身影。

那是小潔，她手裡拿著飲料和一袋應該是食物的東西，正準備走進一棟大廈，我連忙搖下車窗大喊：「小潔！」

「妳做什麼！」媽媽一陣驚慌，而我已經打開車門，朝小潔的方向跑去。

小潔顯得很訝異，她先是笑著打招呼，可發現我的神情不對勁後，便斂起笑容，問我發生了什麼事。

「我沒辦法說明，我家發生了一點事，我必須離開這裡了。」我掉下眼淚，抓住她的手，「請幫我跟小怕、小胖還有彼得老師道別……」

接著我深吸一口氣，「另外……告訴小寶抱歉了，我沒辦法按照約定跟他明天見。」

「到底怎麼回事？妳不能就這樣一走了之啊！」小潔反過來抓緊我的手。

「我沒有辦法，我沒辦……」我不可能不走，我是一個必須被藏起來的孩子。

「那好歹……讓我們知道怎麼找到妳吧？」小潔咬著下唇。

那時雖然已經有網路，但通訊軟體並不像現在這麼普及，所以我能做的，就是要小潔等我一下。

我回到車子旁，急急敲著駕駛座的車窗，媽媽搖下一半的窗戶，怒氣沖沖地要我快點上車，我卻拚命懇求她、拜託她，別讓我和好不容易交到的朋友失聯。

「媽剛才和誰聯絡了？一定把所有後路都安排好了對吧？那邊的地址是什麼？電話號碼呢？拜託，他們不會跟別人說的，我不想和他們失去聯繫！」

媽媽的視線在我以及不遠處的小潔身上打轉，最後，她從皮包裡拿出一張便條紙，寫上一組市話號碼，我從區碼得知，我們這一次要前往的地方，是從未居住過的臺北。

「謝謝妳！」我拿著那張紙，再次跑回小潔面前，將寫有電話號碼的便條紙交給她，「這是我新家的電話號碼，除了你們幾個以外，千萬不要告訴別人。」

「包含彼得老師？」

「對，包含彼得老師。」我並非不信任老師，可是越少人知曉越好，「請妳們一定要……一定要打電話給我，你們是我交到的第一群朋友。」

「妳叫什麼名字？」小潔忽然說，我沒料到她會這麼問，「是朋友的話，就告訴我。」

「我……」我咬著下唇，回頭瞥了一眼車內的媽媽，「對不起，我……」看見小潔眼裡的失望，我不禁垂下頭，想起了在芒草間對我微笑的小寶，那雙褐色的眼睛是那麼漂亮，「我想第一個……告訴小寶。」

然後我抬頭，堅定地注視著她，「我希望小寶是第一個知道我的本名的人，等他打來……等你們打電話來，我會向你們坦白一切的！只是現在，我眞的必須離開了。」

媽媽按了喇叭，我只能給小潔一個擁抱。

這樣的分離，一定也寫在我的命運之書裡，這是我自己選擇的，眼下經歷的傷心與痛苦都有其原由，只是我現在還不清楚罷了。

「小品！」在我上車前，小潔在後頭大喊，「我叫做余潔！」

我破涕爲笑，朝她用力揮手，「余潔，我們下次再見！」

再見。

我伸手捏緊口袋中的手帕。

下次再見，小寶。

第四章

「然後，就再也不見了。」我喝下最後一口啤酒，嘆了一口氣。

時間來到大三，我和蕭大方正待在他的租屋處。

「爲何他們沒打電話給妳？」蕭大方用梳子幫我梳理著髮絲，而我伸手拿了桌上的滷味，「喂，別在我的床上吃東西啦！」

「我又沒有掉到床上。」我無所謂地笑，繼續享用。

他拿我沒辦法，因爲他自己其實也會在床上吃東西，「所以呢，他們沒打給妳？」

我搖頭，「號碼是錯的。」

「錯的？什麼意思？」蕭大方停下手上的動作。

「我媽刻意給我錯誤的號碼，她就是要讓我斷了和他們的聯繫。」我聳肩。

「哇塞，妳媽做得眞絕。妳當時知道沒有氣瘋了嗎？」

「當然，我哭了好久，很恨自己爲什麼不是留下余潔家的電話號碼，而是把自己家的號碼給她。她打過錯誤的號碼嗎？這些年他們想過要找我嗎？」我垂下目光，「他們，還記得我嗎？」

「那妳怎麼不撥那支錯誤的電話，告訴對方如果有人打去找妳，請他幫忙告知正確號碼？」蕭大方又問。

這個解決方式我怎麼可能沒想過？問題是，我當年沒記下那個號碼，我媽也因爲是隨手亂寫的，對此毫無印象。

「所以再見到他們的話，妳認得出來嗎？」

「應該可以，雖然小怕當時比較瘦弱，如果後來身體好起來了，或許外貌會有比較大的差異，而小胖要是瘦了下來，可能也不好認，不過余潔和小寶我一定可以認出來的。」

「那這些年，妳有試著找過他們嗎？」蕭大方將我的長髮束成馬尾，拍了我的大腿一下，要我坐過去一點。

我讓了個位置，讓他坐在我身邊，他又打開一罐啤酒，並搶過我手上的竹籤，插了塊豬血糕吃。

我順勢將上半身靠在他身上，「當然找過，盡可能地找了，我在臉書和IG都輸入過余潔這個名字搜尋，但什麼也沒有。我甚至曾經把大學榜單上所有叫余潔的人都找出來，可根本無法一一查證哪個是她。而除了余潔，我不知道其他三人的名字，他們也不知道我的，所以……」我兩手一拍，「失聯。」

「緣分其實說斷就斷呢。」蕭大方再次插了塊豬血糕，我張開嘴巴，他自然地放到我口中，「人與人之間的關係就像織毛線那樣，不管再小心翼翼地編織，想毀掉的話，只要一扯就沒了。」

我點了點頭。然而這麼多年過去，小寶的聲音和容貌，在我心中依舊那麼清晰。

「還是回去小胖家的別墅找？」蕭大方又出主意，我翻了白眼。

「你以爲我想不到嗎？當時那麼小，我早就不記得別墅在哪裡了。我回去過那一帶幾次，不過怎麼找都找不到。」我聳肩。

「彼得老師呢？根據妳剛才說的，彼得老師應該也是記者出身？」

「你眞的很聰明耶，蕭大方！」我打了他的背一下。

彼得老師的確曾是知名記者，他年輕時由於血氣方剛，不怕得罪惡勢力，所以揭露了許多沒人敢報導的大新聞。但正直的人總是容易樹敵，在某次參加完慶功宴回家的路上，他被不知名人士毆打成傷，進了醫院，於是臉上就此留下不可抹滅的疤痕，不過這並非他離開新聞界的原因。

據說，原因是後來他的妻子生產時無預警血崩，可是當下彼得老師正在跟拍一件收賄案，院方聯絡不到他，結果他便錯過了見妻子最後一面，更遺憾的是，孩子也與媽媽一同離世了。

從此，彼得老師隱姓埋名，成爲了自學課程的老師。原本身爲記者的他知曉許多內幕，又懂得保守祕密，所以建立了不錯的口碑，一些名門後代，或是像我這樣的私生子女，都能夠放心地被交給他。

「那妳找到彼得老師不就好了，他就能告訴妳小寶他們是誰啦！」蕭大方興沖沖地說，我只覺得他太天眞。

他今天第一次聽到這個故事，就能想到這些方法，我過去又怎麼會沒有想到？

「彼得是假名，我找不到關於他的資訊。」

「妳問妳……」

「問我媽，對吧？我當然問過，不過彼得老師已經不在臺灣了。」我兩手一攤，「聽說他幾年前開始環遊世界，現在根本不清楚人在哪。」

「哇……好吧。」蕭大方學我兩手一攤，「不過，妳居然把這些事都告訴我了，小時候隱瞞成那樣，現在隨便告訴我沒問題嗎？」

「我都成年了，事情也過去了這麼久，其實已經沒那麼需要保密了。」

當初搬來臺北以後，媽媽仍戰戰兢兢地過著日子，可是當我滿十八歲後，一切就像是無所謂了似的。

她說，世人不會記得這麼久以前的舊聞，我可以去過自己想過的生活了，然而長年以來的低調生活，已經讓我習慣凡事別太引人注意。

雖然有時還是會小小失控一下就是了。

「妳應該要說是因爲相信我，妳才會跟我說呀，會不會說話啊。」蕭大方捏了我的臉頰，「那羊子青知道嗎？」

「我沒告訴她，也不打算告訴她。」我老實說。

羊子青的父母是由於外遇才離婚的，我覺得自己私生女的身分有點微妙。

「我會向你坦白，除了因爲相信你，還有這件事已經不必太過刻意隱瞞之外，也是因爲……」我坐直身子，認眞地看著他，「大一時你告訴了我一個祕密，我認爲我也該用祕密跟你交換。」

蕭大方一怔，隨即笑了，「過了這麼久，我們都大三了，妳這祕密會不會說得太晚？」

「我總是要做點心理準備啊，而且你也不是主動告訴我祕密，是我自己發現的。」我討價還價，這時門鈴響了，他起身去應門，是系上的其他同學。

「喂，蕭大方，今天晚上臨時有一場聯誼……」見我坐在床上，正在說話的同學垮下臉，「靠北喔，現充，你們兩個現在是怎樣，有沒有在一起講清楚，這樣以後我就不找你去聯誼了。」

「沒有交往啦，北七。」蕭大方反駁。

「沒交往？姬品珈穿成那樣坐在你床上耶，還是你們是另一種關係？」聽他們狗嘴裡吐不出象牙，我對他們微笑，然後豎起中指，逕自打開電視。

我穿成這樣？我穿成怎樣了？不過就是寬鬆的背心和運動短褲……好吧，要是我看見羊子青這麼穿坐在練育澄的床上，八成會認爲他們剛辦完事。

蕭大方趕走了無聊的同學們，關上門後嘆著氣走回來，大手覆上我的肩頭。他粗糙的掌心挺舒服的，我扭動了下身子，要他幫我按一按肩膀。

「姬品珈。」他眞的就坐到我後頭，乖乖替我揉捏肩膀，「如果有一天，妳沒人要，我也沒人要，或是我們在感情裡受傷，走不下去了……」

「啥？」

「我們就結婚好嗎？」

我差點把剛喝下去的啤酒噴出來，扭過頭看他：「你認眞？」

「認眞的。」

「爲什麼？」我瞪大眼睛，「憑什麼認爲我會沒人要？」

「我只是先想個後路，畢竟有太多人把我們湊成一對了。」蕭大方一隻手撐在下巴，他的唇近在我眼前，但我一點想吻他的衝動都沒有，我明白他也一樣。

「這麼沒火花，眞的可以結婚？」

蕭大方哼笑一聲，「婚姻裡最重要的不是愛好嗎，而是必須能一起好好生活，如果要選共度一輩子的對象，我一定選妳……」說著，他四下看了看，又嘆氣，「不，我還是再考慮一下好了，妳看看妳把雞爪的骨頭吐得到處都是，還有，我不是說飲料要放在杯墊上，水珠才不會滴到桌子嗎？衛生紙也亂丟……」

他開始嘮叨並起身整理，我哈哈大笑。

我從床上站起來，跳到了蕭大方背上，緊緊抱住他，「好呀，如果到時候我們都沒人要，那我們就結婚吧。」

二十一歲的我們根本沒有想到，二十八歲的我們會眞的決定和對方結婚。

我們之間從來都沒有愛情，只有友情。

而且，我們之間一輩子都不會燃起愛情的火花。

✦

一名高䠷的男人走進咖啡廳，引起了幾個女孩子的注意，他東張西望，最後發現坐在窗邊的我。我竊笑著看他朝我招手，其他女孩跟著投來目光，我刻意優雅地交疊雙腿，她們頓時交頭接耳，彷彿在說我和男人十分相配。

「妳很故意耶。」男人顯然明白我的企圖，他拉開椅子坐下，服務生過來後，他看也沒看菜單，直接點了愛爾蘭咖啡。

「白書安，才下午你就要喝酒呀？」我用手托著下巴，打量著他，「還是失戀了，所以想買醉？」

「我只會因爲樓有葳失戀。」他露出不符形象的痴迷神情，這位陽光大男孩是蕭大方高中時期的朋友，我們在大一時經由蕭大方的介紹認識。

那時，蕭大方表示白書安對我有意思，可後來聽羊子青說，白書安不過是因爲我與他最喜歡的女星樓有葳有些神似。

而我決定不告訴白書安，我曾經近距離看過樓有葳本人。

「所以說，妳約我出來做什麼？」白書安開門見山地問。

在這裡我必須停頓一下，回顧我的人生中幾件大事的時間順序。

第一章，是小學三年級時，得知了自己是私生女。

第二章，是小學三年級到國一左右，因爲自學的關係，認識了小寶、小怕、小胖，以及余潔。

之後，我的國中與高中生活平凡無奇，沒有特別要好的朋友，也沒有值得一提的回憶。

一直到上大學遇見了羊子青、認識了蕭大方，人生的第三章才開始。

我和羊子青是很好的朋友，不過她並不是改變我人生的重要人物，蕭大方才是。

「蕭大方前幾天說，如果我們到了一個年紀，發現自己沒人要，或是在感情裡受了傷，再也走不下去了，就結婚吧。」

白書安差點將嘴裡的咖啡噴出來，「那妳說什麼？」

「我說，好。」

白書安頓時哈哈大笑，他長得好看，連笑聲也十分悅耳，從一旁的女孩著迷般的反應就能看出來。

「你覺得我和蕭大方之間看起來很有鬼嗎？」

「是呀，不清楚內情的，絕對會認爲你們有鬼。」白書安居然笑出了眼淚，他拿起衛生紙拭去，興味盎然地問：「妳覺得自己會沒人要嗎？」

「當然不會，只是他這麼說，我也很難拒絕，你懂嗎？」我扯扯嘴角。

白書安喝了一口愛爾蘭咖啡，帶著酒味的咖啡香飄散在空氣中。

「的確很難拒絕。」他說，「於心不忍吧。」

「是啊，他笑著跟我說這番話的時候，其實我很難過，但又講不出『你要抱持希望』、『好好加油』之類的話，因爲那些都是空泛的鼓勵，反而會傷害他。」

「我們無能爲力，是他躲在櫃子裡不肯出來。櫃子並不是被從外面上鎖了，而是他自己從裡面反鎖的。」

「我懂，可是除了陪伴，我什麼也做不到。」我搔搔臉頰，「白書安，你當年是怎麼發現的？」

白書安抓了抓眉毛，「我這樣算是在大方背後說他閒話嗎？」

「當然不是啦，我只是好奇。」

「妳不如去問大方吧，畢竟我一發現就找他求證了。」白書安的口風還眞緊，不過正因如此，他才會成爲蕭大方的好友吧。

「好吧，聽你的。」

「話說回來，我上次無意間在卡通頻道聽見一個聲音，超像樓有葳的！所以我查了一下，那部卡通的配音工作，就是羊子青男友家開的配音公司負責的，當時原來還有一小篇報導，我居然漏掉了！妳知道相關消息嗎？」白書安說出那部卡通的名稱，我不禁起了雞皮疙瘩。

樓有葳當時僅是小有名氣，尚未眞正走紅，所以她接下這個配音沒有被媒體廣爲報導。

「該說你是變態，還是死忠粉絲呢？」看樣子不用我告訴他，白書安也能找到樓有葳在哪裡出沒過。

結束和白書安的會面，我提著晚餐來到蕭大方的租屋處，卻在樓下遇見了蕭大富，也就是蕭大方的哥哥。

「咦？妳是姬品珈對吧，妳也搬來這邊住了嗎？」

那時對蕭大富來說，我還只是一個和蕭大方關係不錯的女性朋友，他對我的印象大概只有在羊子青被恐怖追求者康榆盯上時，他和蕭大方曾送她去我家避難過，以及蕭大方被康榆開車撞傷後，我時常去醫院幫忙照顧。

「我還是住在自己家，只是來和大方一起吃晚餐。你找大方嗎？」我晃了晃手中提著的便當，「要不然這份給你和大方吃，我先回去。」

「不用，你們吃就好，我只是剛好經過，順便來看看他。」蕭大富打量著我，他的眼神讓我明白，他和其他人一樣都誤會了什麼，「不過大方不在家，我打他的手機也沒有接。」

我朝蕭大方平常停放機車的位置望去，那裡空空如也，「他大概是去買東西了，正在騎車不方便接聽吧。」

我一邊說一邊往包裡撈，找到了蕭大方給我的備用鑰匙，「我們進去等他吧。」

我很自然地做出這個舉動，完全沒料到蕭大富會多想，雖然將租屋處鑰匙給一個異性，對一般人來說就是那種意義。

當蕭大方帶著兩罐飲料回來時，一見蕭大富的鞋子，他先是一驚，接著便看到我和他哥坐在屋內，而我已經沒禮貌地自己吃起了便當。

「哥，你怎麼忽然來了？」蕭大方偷偷地環顧四周，我對他點點頭使了個眼色，他感激地向我豎起大拇指。

稍早，我趁他哥還在脫鞋時，先進屋將一些比較不對勁的東西收起來了。

「我正好經過啊，怎樣，來看弟弟都不行？」蕭大富當時剛出社會沒多久，時常外出洽談一些事務，有時若來到這附近，便會找蕭大方吃飯。

「當然沒有不行，但你早說的話，我們就可以去外面吃了，你看品珈只買了兩個便當。」他晃了晃自己手中的飲料，「我也只買了兩罐飲料。」

「好好好，不打擾你們情侶恩愛，我以後來會先通知你們的，以防撞見什麼尷尬的場景，那就不好了啊！」

我忍不住大笑出聲，因爲我並不是蕭大方的女友，所以覺得蕭大富這話很有趣。要眞是男女朋友的關係，聽到這段對話還不尷尬得要命？

「品珈她不是……唉，算了。」蕭大方也懶得解釋，他將飲料放到桌上，我立刻拿過自己的飲料，一副深怕被搶走的樣子。

「你吃吧，我其實也不太餓，等等就走了。」蕭大富說完，嘆了口氣。

「怎麼了？工作不順利？」蕭大方打開便當，一瞧見菜色便再次對我豎起拇指。

「怎樣？我今天特別提早去排隊，才買到鵝肉便當的喔，平常根本買不到。」我馬上邀功。當然，這是有目的的，我打算晚點要問他高中時和白書安之間的事。

「對，好棒，等等多買一杯飲料給妳。」蕭大方敷衍地回答，咬下鵝肉，露出滿足的笑容。

「像你們這樣多好啊。」蕭大富又說。

「什麼意思？因爲我們是無憂無慮的學生嗎？」我接話，蕭大富卻搖頭，轉而對蕭大方開口。

「你記得小沈嗎？之前我帶他來和你吃過一次飯。」

「喔，我記得，你的合作夥伴不是嗎？」蕭大方又挖了一口飯。

在我模糊的記憶中，蕭大方有次確實提過他哥來找他吃晚餐，還帶了一個白淨的男生同行。當時蕭大方給我看了他們的合照後，說：「這個男生是同性戀。」

「我前兩天下班時，看到他在對面，原本要打招呼的，但他朝另一個男人招了手，那個男人穿著西裝，看上去年紀比我大一點，然後他們……」蕭大富嘖了聲，「他們居然牽手了。」

蕭大方夾著鵝肉的筷子停在半空中，我注意到了，立刻回應：「喔，他有男朋友是嗎？那也不會怎樣呀。」

「是不會怎樣啦……」蕭大富抓了抓頭，「可是很噁心不是嗎？我一想到之後還要跟他一起工作，就渾身不自在。要是他喜歡上我怎麼辦？」

我忍住翻白眼的衝動，面帶笑容，「不會啦，他都有男朋友了，怎麼可能喜歡上你。」

「誰知道呢，聽說他們很亂。」蕭大富作勢欲嘔，我默默地想，蕭大方這頓飯恐怕吃不下了吧。

唉，真是浪費了我的鵝肉便當。

當下，我回憶起與蕭大方相熟的過程。

打從最一開始，我就不覺得自己和蕭大方之間會產生任何火花，卻說不出這種直覺源自於何處，直到他被車撞傷之後。

大一時，羊子青被班上的恐怖追求者康榆纏上，那時蕭大方和康榆是好友，於是好心地想幫助羊子青，沒想到卻招來康榆的誤會與嫉妒，某天竟開車把他撞飛。

自責的羊子青前往醫院探視，結果不幸遇到早有預謀的康榆持刀想傷害她，好在練育澄在場，救了羊子青一命，而康榆也被移送法辦。

後來，羊子青負責照顧練育澄，我則照顧蕭大方，蕭大方的父母不打算與康榆和解，堅持提起訴訟，所以忙於和律師討論，而他的兩個兄弟則會輪流來幫忙。

蕭大貴來了醫院三次，都正巧遇見我，於是他便決定把看顧的責任交給我，減少了過來的頻率。他多半也告訴了蕭大富這個情形，因此在蕭大方住院的期間，這兩人總共出現不超過十次。

蕭大方和他們通過電話，要他們別老是麻煩我，應該來醫院換班，但他的兄弟只說：「給你機會，讓你可以在朋友前面多加一個字耶！」

當然，這番話我是後來才聽蕭大方說的。

「加個好啦！」當時我站在病房門邊，聽見蕭大方氣呼呼掛掉電話。

我一點也不介意照顧他，畢竟他如此有情有義地幫了羊子青。羊子青的繼父爲了表達感謝，在官司上全力援助蕭家，而我能爲我的好朋友做的，就是照顧另一位好朋友了。

「說話這麼大聲，狀況好多了吧？」我敲了敲病房門，蕭大方一愣。

「妳聽到了？」他有點吃力地坐直身子，「妳不必這麼常過來照顧我，學校的功課應該很忙吧。」

我伸手捏了蕭大方的臉，他痛得哇哇叫，「幹麼啦，我有說錯嗎？」

「你那麼見外幹麼？」我抬起下巴，卻發現他的反應像是有所防備，於是反問他怎麼了。

「那個……如果是我誤會了，請妳見諒。一直以來，我哥和我弟還有羊子青開玩笑，我都沒放在心上，可是一般來說，會有女生這樣無條件照顧一個男生嗎？」

「有啊，我。我又不會跟你收錢。」我幫他按下電動床的升降開關，讓他能坐正一些。

「我不是這個意思……」蕭大方欲言又止，抓了抓頭，看我的神情就像我是個麻煩，甩不掉的麻煩。

我瞬間明白了。

「你以為我喜歡你？」

「呃……」他尷尬一笑，並未反駁。

「你少臭美了，不要別人起鬨，你就也以為我喜歡你好嗎？」我大笑兩聲。

「是嗎？」蕭大方怔了怔，「那就好。」

他顯得如釋重負，我看得出他並不是客氣或耍帥，而是真的對於我不喜歡他感到放心。

但不是我自以為，一般的男生要是被我喜歡，絕對不可能是這種反應。

某天，我不小心看見蕭大方的手機桌布，居然是泳裝美女的照片。我知道男生都喜歡看這些，可是會大剌剌拿來當手機桌布的人少之又少，況且蕭大方也不像會這樣做的人，感覺有如刻意為之。

還有一次，我來到病房時，正巧碰到護理師在幫他換藥。

那位護理師的綽號叫小元，長得十分可愛，頗受病人歡迎，男病患總會有意無意地與她多聊兩句，不過為了避免被誤會，最多也就兩句了。

但蕭大方非常喜歡找她聊天，連在走廊遇見她都會熱烈地打招呼，有時還會噓寒問暖，小元也很給面子，經常露出笑容回應。

「妹妹呀，妳要小心，這樣下去男朋友會劈腿喔。」結果，有個其他病房的患者真的誤會了，語重心長地提醒我。

「妳男友還真是毫不掩飾自己的私心，護理師會覺得困擾的吧。」一個年輕的男病患附和。

可在我看來，蕭大方對小元完全沒有意思，我不曉得爲什麼他要如此刻意找她講話。就算確實有意思好了，我也不在意，不過讓小元困擾可就不好了。所以我去了護理站找小元，告訴她其他病患的閒言閒語。

「如果妳感到困擾，可以對蕭大方凶一點沒關係，不用顧慮他是病患。」

「放心，妳男友對我沒意思。」小元笑了起來，似乎以爲我是在吃醋。

「他不是我男友。」我無奈地又一次澄清。

「果然呀，其實我也覺得你們不太像男女朋友。」小元恍然大悟，「但是他眞的沒有讓我困擾，和他聊天很有趣呢。」

「眞的嗎？妳不是客套吧？」

「別看我年紀輕，我在醫院也算是什麼人都見過，誰沒安好心眼，我馬上就能看出來，蕭大方很紳士的。」

小元的態度不像有所保留，於是我向她道謝，返回了蕭大方的病房，沒想到還沒踏進去，便聽見他在用手機看影片，我頓時翻了白眼。

「你爲什麼不戴耳機？在走廊都聽得到你在看A片。」說完，我帶上病房門，蕭大方嘿嘿笑了聲，關掉手機螢幕。

「因爲我很無聊啊。」

無聊所以看A片？在等同於公共場所的醫院？雖然身心健全的男人都有這方面需

求，可他不在乎外人的眼光嗎？又不是歐吉桑！蕭大方的所作所爲實在太過刻意了。

「對了，妳不覺得小元很正嗎？身材又好。」蕭大方天外飛來一筆，我再度感覺十分怪異。

「你對那些明明都沒興趣，幹麼要一直提？」

我這句話的意思是，蕭大方對小元根本不上心，對A片應該也沒太大的興趣，這種行爲就像在做給別人看一樣。至於要給誰看？

我認爲是做給我看的。

他大概不相信我眞的沒有喜歡他，所以才做出這類會被扣分的行爲，想讓我打退堂鼓。

我沒把自己的猜測說出口，蕭大方聞言卻愣住了，笑容僵在嘴邊。

「怎麼了？」我有點毛毛的，不敢轉過頭，以爲他是看見了什麼。

「妳、妳這話是什麼意思？爲什麼……說、說我沒有興趣？」他結結巴巴，整個人慌張起來，試圖努力坐正身子。

「哪有人A片會放那麼大聲，又故意常常找小元講話？」

「因爲、因爲我很有興趣啊，小元那麼正，奶那麼大，是男人都喜歡。」

這番話讓我「嗄」了好大一聲。

對，蕭大方說的肯定是許多男人心裡所想的，但是，哪有男生會直接對一個女生說另一個女生奶大？

彷彿拚命地想證明什麼。

證明……他有興趣？

「蕭大方，如果我猜錯了，請你見諒。不過就像你誤以為我喜歡你一樣，我原本以爲你的行爲是故意做給我看的，因爲你還是認爲我喜歡你……可是……」我頓了頓，蕭大方的表情變得扭曲，「你對女生……是不是沒有興趣？」

這句話一說完，蕭大方立刻拿起後頭的枕頭丟我。

「妳噁不噁心！亂說什麼！從今以後別再來照顧我了，我們也別當朋友！滾！」他大吼，聲音裡卻聽不出怒氣，只有羞愧和亟欲逃離的窘迫。

我彎腰撿起枕頭，走到他的病床邊，他握緊雙拳，垂著頭不發一語，而我將枕頭放到他身後。

「蕭大方，我明天還會再來的。」我拍拍他的肩膀，轉身離開。

走出病房，我不忘把門給關上，他剛才的吼叫想必其他人都聽見了，走廊上的人都用憐憫的眼神看我，好像我們剛才吵了架、分手了一樣。

但我的嘴角泛起笑意，我終於找到我和蕭大方無法產生任何火花的原因了。

因爲蕭大方不喜歡女人。

後來，蕭大方如何向我坦承我已經猜到的事實，就不必多加贅述了。而當他介紹白書安給我認識時，透過白書安不經意間的話語，以及幾次試探，我確定了白書安也知情。

「以前只有我曉得，沒想到現在多了妳，眞有點難過啊，本來這是我跟大方之間的祕密耶。」某天我們三人聚會，白書安的玩笑話讓蕭大方翻了白眼。

我只知道他們是高中同學，至於白書安是怎麼發現的，就不得而知了。

蕭大方隱瞞自己的性向多年，他在這條路上走得有多艱辛，不用問我們也明白。

他始終不肯離開櫃子的最大理由，是他的家人。

他好幾次想過要向家人坦承，然而每次他旁敲側擊打聽家人對同性戀的觀感時，得到的永遠是失望，家人的話語如同最鋒利的劍，將他刺得血肉模糊。

「我爸媽反同的，我哥和我弟也說過幾次同性戀很噁心。」他扯扯嘴角，淡然得不像在說自己的狀況，「反正，我習慣了。」

我將手掌放在他的頰邊，「不要習慣。」

「什麼？」

我加重力道，用力揉捏他的臉，「不要習慣被傷害，你有什麼錯？喜歡這種感情有什麼錯？」

「是呀，沒有錯的。」白書安喝了一大口啤酒，把剛烤好的肉片夾到我和蕭大方的盤子裡，「不過話說回來，不清楚的人眞的會以為你們在交往。」

他賊賊一笑，「姬品珈，這樣妳的桃花可能會在無形中被趕跑喔。」

「為什麼？」

「畢竟大方看起來就是個很優秀的男人，妳身邊有這樣的『好朋友』，想追妳的人哪裡還敢靠近呀！」白書安說著「好朋友」三個字時，還用手指做了畫出括號的動作。

「管他的，要是這麼容易就放棄，那眞的在一起也無法面對現實的阻礙吧。所以我們何必在乎其他人怎麼想。」我鬆手，吃起肉片，隨即皺眉，「我講得可能太輕鬆了，但是蕭大方，無論何時我和白書安都會站在你這邊的。」

「怎麼擅自把我算進去了？」白書安抗議。

蕭大方拿起啤酒猛然灌下，喝成這樣，他等等一定會吐。

喝完，他立刻垂下頭，在吵鬧的居酒屋中，他吸鼻子的啜泣聲卻異常清晰。

我和白書安對看，他聳聳肩繼續享用食物，我則伸手攬住蕭大方的肩膀搖晃。

「謝謝你們，眞的。」他輕聲說。

眞是有夠三八，搞得我也想哭了。

到這裡，是我人生的第三章。

我萬萬想不到，多年之後，我的命運竟然會和蕭大方有些相似。

也許我的命運之書就是這麼寫的吧，我會在大一那年遇見蕭大方，意外發現他的祕密，然後無條件站在他那邊，告訴他「喜歡這種感情沒有錯」。

而多年後，蕭大方也會無條件地站在我這邊，奉還我一句「感情，沒有對錯」。

第五章

「品珈呀，妳怎麼這麼久沒穿短褲來上班了？」

當經理第三次對我說出性騷擾發言時，我微微一笑，當著客人與同事的面將圍裙扯下來，往他身上一丟，「我做到今天，薪水請直接匯進我的戶頭，否則我會調出監視器畫面和找來證人，告你言語性騷擾。」

「妳、妳說什麼？我哪有性騷擾！現在的年輕女生就是草莓族，動不動就覺得別人在騷擾她！」經理氣呼呼地扭頭，轉身進了廚房。

周遭響起竊竊私語聲，不過沒人幫我說話。我嘆了口氣，撿起地上的圍裙，放到櫃檯上。

「品珈，妳眞的就這樣辭職啦？」櫃檯負責結帳的女孩小聲地問，「幹麼這麼衝動？經理講話的確很討人厭，但他也沒有動手，忍一下就過去了。」

對於她的論調，我感到非常不高興，「那就讓願意忍的人去忍吧。」

說完，我瀟灑地離開打工半年的餐廳，雖然不會有人為我鼓掌。

和學生時期相比，出了社會以後，待人處事都必須更加圓融，且很多時候爲了生活，工作上也不能因爲一點不愉快就發難，畢竟沒有人能跟錢過不去——道理我都明白，可我就是忍不下這口氣，不願意如此委屈。

這種時候，我忽然能夠理解以前媽媽爲什麼拿丁香玲的錢了，電視劇裡的女主角總是爲了顧全自尊而拒絕金錢，這確實很偉大，可在現實生活中，難道吃空氣就能飽嗎？再加上當時還有我這個孩子要養，換做是我，失去了愛情，當然也是拿錢嘍，畢竟生活還是得過下去的。

我嘆了口氣，來到公園坐在長椅上，手肘撐著膝蓋，望著前方玩耍的小鬼們。眞好呀，小孩子無憂無慮……

不，我小時候也沒有無憂無慮，人在各個年齡層都有不同的煩惱，只是我們永遠會覺得眼下的煩惱最難解決。

肚子發出了咕嚕聲，我這才想起我都還沒吃午餐就辭職了。眞是不划算，好歹也要吃完店裡的供餐才是。

我從口袋裡拿出手機，思考著這時候能找誰陪我吃飯。

羊子青大學畢業後，順利進入了臺灣品牌的化妝品公司，雖然是菜鳥，但被分到了不錯的組別，跟在前輩身邊受益良多。而她男友練育澄更不用說了，他早我們幾年出社會，目前是專業的配音人員，時常負責卡通以及戲劇的主要配音工作。

至於白書安，我忘記他念什麼科系了，總之畢業後他進了酒商工作，一天到晚兜售高檔葡萄酒。他從學生時代就愛喝酒，我還曾經調侃他未來會變成酒鬼，沒想到他善用自己的興趣找尋工作，聽說不過半年就成了業績最好的新人。

最後一如往常的，我只能打電話給無所事事的蕭大方。

「陪吃飯呀。」他接起電話，都還沒出聲，我就先開口了。

我聽見被單摩擦的聲音，蕭大方吐了一口氣，打了個哈欠，「哪一餐？午餐？晚餐？」

「眞不是我要說你，每天好吃懶做的，這樣可以嗎？」

「那妳現在不是應該在打工嗎？又爲什麼打電話給我？」蕭大方顯然清醒了些，「兩點呀……妳要吃什麼？」

「義大利麵吧，就你租屋處附近那間，快來吧。」說完我便掛掉電話，伸了伸懶腰後，起身朝目的地走去。

而蕭大方又打來電話，「來我這吃吧，叫披薩如何？」

「也行。」我穿越公園，不過兩個捷運站的距離，我決定用走的，順便平復心情。

大學畢業後已經過了快一年，期間我賣過衣服、當過餐廳服務生、展場ShowGirl等，但全都維持都不到幾個月。相較於羊子青，我有如浮萍一般，定不下來。

雖然念的同樣是香妝系，我卻發現自己對化妝的喜好更勝於研發化妝品與保養品——都讀了四年，才察覺讀了一個完全不符合自身興趣的科系。

於是，我做了各種性質的工作，卻依舊不了解自己的喜好是什麼，對未來的迷茫壓得我有點喘不過氣。

也許我們都不該放棄　天邊的彩虹永遠在那
只是暫時看不到

我好奇著這歌聲是哪來的，結果是前方的服飾店正在播放歌曲。歌聲相當悅耳，我不自覺地停下腳步想多聽一些，也想知道歌手是誰。

「大家好，歡迎收聽『點點滴滴』，剛才大家聽到的開場歌曲，是樓有葳的最新單曲〈我願〉，聽說歌詞是樓有葳本人所創作的。」女主持人說話的聲音傳來，原來是廣播節目。

「挺厲害的啊，她不是才畢業沒多久嗎？」接著換成男主持人的聲音。

我沒繼續聽下去，再次邁步。

是樓有葳啊，想必這張單曲白書安一定買了。

我想起當年在配音公司遇見的樓有葳，那時她不過是剛出道的新人，短短沒幾年，卻已經小有知名度了。反觀我，大概是所有朋友之中最沒成就的。

唉，想到就沮喪。

我辭職得很瀟灑，但還是太衝動了，應該先找好下一份工作再翻臉的。

於是，我在自怨自艾的狀態下來到蕭大方的家，他果然還穿著睡衣與四角褲，眼睛下方有著深深的黑眼圈。

「你是熬夜打電動沒睡飽嗎？」我脫了鞋子踏進屋裡，從大學開始他就一直住在這裡，即便目前沒工作也沒搬回家住。

畢竟對他來說，只有在這裡，他才能展現眞實的自己。

我看了看牆壁上的猛男海報，還有電腦桌布上的那位小鮮肉，以及另一邊牆上的彩虹旗。

不過最重要的還是桌上的披薩，我迅速坐到一旁，拿了塊泡菜牛肉口味的，「你居然點了兩個大披薩還有炸雞，我們吃得完嗎？」

「今天有事情値得慶祝。」蕭大方興奮地說，在我身邊坐下，他的臉離我很近，我仔細端詳著。

「嗯……慶祝你畢業後到現在沒工作快滿一年？」

「拜託，怎麼不說是慶祝妳又辭職了？」他翻了個白眼。

「你怎麼知道我又辭職？說不定我今天休假啊。」我有點心虛。

「絕對是辭職，不然妳這時間大概還在睡覺。」

「都快三點了，我再怎麼愛睡也不可能睡到下午三點。」我從小櫃子裡拿出我專屬的馬克杯，要他幫我打開可樂。

「妳這次又是爲什麼辭職？難道又有人追妳或騷擾妳？」

「答對了，眞不愧是我最要好的朋友。」換成我翻了白眼。

我在職場上總是遇到一些不知羞恥的豬哥男，毫不掩飾地用言語或眼神騷擾我，實在令人厭煩。

電視劇和漫畫裡的帥氣同事或上司根本不存在！

「妳到時候又要被妳媽罵了。」蕭大方無奈地笑，「反正妳暫時沒事，那明天陪我去剪頭髮好嗎？」

「我哪有沒事，我要寫我的小說。」我接過他幫我倒滿可樂的杯子，「你爲什麼要去剪頭髮？」

「保持得體的門面是禮貌。那妳爲什麼又寫小說了？這次是什麼類型？」

「因爲我對生活有太多怨懟，不發洩一下不行。」我的人生裡已經充滿了負面事件，雖然我不斷告訴自己，也許此刻的不順利是在爲以後的康莊大道鋪路。但我還是把對那些噁心男人的憤怒寫成了恐怖小說，讓他們在我所創造的世界裡被反撲的女人們殘殺。

「妳該不會是說……上次給我看的那個恐怖故事吧？居然還在寫！姬品珈，看不出來妳這麼變態。」蕭大方打了哆嗦。

「管我，我快寫完了，只剩最後一個男人還沒死，嘿嘿嘿。」我拿起另一塊章魚燒口味的披薩，「快點說，你沒事才不會去剪頭髮，該不會交男朋友了吧？」

「別提了，哪有機會啊。」蕭大方擺擺手。其實他不是沒機會認識男人，只是往往因爲過於小心而錯失。

「那是爲了什麼？」

「喂，妳眞的以爲我這一年來都無所事事嗎？」

「我是知道你有去上課進修啦。」我嚼著披薩，這時才發現蕭大方一口都沒吃，於是拿了隻雞翅往他嘴裡塞。

「等一下啦！」他推開我的手，我再次往他嘴塞，「妳眞的很煩！」他只得吃了起來，卻用沒碰到雞翅的那隻手握住滑鼠，點開電腦桌面上的一個資料夾。

我以爲他又要給我看什麼猛男照，或者想跟我說哪個男藝人很可愛之類的，可是出現在眼前的竟是一張張人像畫，還有風景、建築物的圖畫。

「哇，這些畫得超漂亮的。」

「都是我畫的。」蕭大方驕傲地說，我倒抽一口氣。

「騙人！」

「是眞的。」

「我也知道你上的是電腦繪畫課，可是……你有這麼會畫？」

「我本來就有一點基礎，而且我花了快一年的時間天天練習耶，妳知道光是控制筆壓就要花多少心力嗎？」蕭大方展示著一張張畫作，最後一張赫然是我的臉，「妳瞧，我還畫了妳。」

這張畫簡直就像照片，沒想到他的畫技如此鬼斧神工。我彷彿遇到難得一見的神人，滿臉不可思議望著蕭大方，「要是這畫被別人看到，絕對會以爲你暗戀我。」

「誰要暗戀妳？這是我對妳這位好朋友的最高致敬。」蕭大方笑了聲，「然後，我把這張拿去參加比賽了。」

「你參加了比賽？怎麼沒跟我講！」

「我現在不是在講了嗎？」蕭大方啃著雞翅，「妳猜猜看，結果怎麼樣？」

「這種重要時刻你還吃得下雞翅啊！」我搶過他手上的雞翅。

「明明是妳自己塞給我的……我有說我等等才要吃。」他一臉無辜。

「你第一名對不對？不然你不會說要去剪頭髮，有頒獎典禮對吧？而且你畫得這麼好！就算給我五年，我也畫不出這樣的作品，你絕對有天賦！」我抱住他，興奮得像我自己得獎了一樣。

「妳的嘴巴和手都油膩膩的，走開啦！」蕭大方嘴上這麼說，但並沒有推開我。

「所以你之後要做和畫畫相關的工作？」

「如果可以的話。現在走這條路和以前不一樣了，只要我努力一點的話，也許不會變成是去做父母口中『會餓死的行業』吧。」

怎麼回事？爲什麼蕭大方整個人閃閃發亮的？

似乎全世界的人都知道自己該做的工作是什麼了，只剩下我。

連蕭大方這個笨蛋都找到了自己喜歡的事，那我又在幹什麼？

我有如身處伸手不見五指的濃霧之中，不曉得自己在哪裡，也不曉得自己該去哪裡。

蕭大方突然伸手摸摸我的頭頂，「慢慢來就好了。」

唉，他在這種時候眞是細心得可怕，八成是看出我的煩惱了。

「要是你喜歡女生就好了。」我說著，忍不住縮進他的懷裡。

「哎呀，所以我不是說了，如果以後我們都找不到另一半，或者是在愛情裡受了太重的傷，就乾脆結婚嗎？」

「你當時那番話是認眞的啊？」我不禁一笑，原來蕭大方還記得。

「當然是認眞的啦。畢竟如果要一輩子和某個女人在一起，我肯定選妳。」他說。

「然後叫我默許你搞外遇嗎？先說好，不可能的喔，到時候要是眞的這麼慘，我們兩個只能結婚的話，我可不想當你的煙幕彈，讓你在外面和別的男人談戀愛。」我雙手叉腰，壓根忘了自己的手摸過披薩。

「嘎，好小氣呀。」他開玩笑地回應，但我十分認眞。

「蕭大方，如果你遇到了喜歡的人，就要光明正大地和他在一起。若有一天我們眞的不幸結婚了，後來你卻愛上了其他人，你也不用想著要照顧我，你的幸福就是我的幸福，知道嗎？」

蕭大方被我的話所感動，他微微一笑，誠摯地說：「如果有天，我們眞的不幸結婚了，那我會一輩子視妳爲唯一伴侶。」

這下子換我感動了，卻又覺得這話滑稽無比。不幸結婚，這四個字眞是諷刺。

不過感性的氛圍不適合在我們之間存在太久，果不其然，蕭大方皺了眉頭，「可是啊，我們又不會上床，這樣子妳的性慾……」

「吼，眞是夠了！」我拿起一旁的抽取式衛生紙丟他，蕭大方哈哈大笑。

對現階段的我來說，最重要的不是戀愛，而是工作。

我噘了噘嘴，想著自己的命運之書。爲什麼我的愛情和工作都乏善可陳？難道是幸運還沒到來嗎？

「蕭大方，明天我陪你去剪頭髮，你也陪我去廟裡拜拜求籤看看吧。」

「當然沒問題。」蕭大方坐回桌邊，「不過如果妳願意，明明就有一個現成的工作呀。」

「哪個？」我皺眉。

「練育澄啊！」他興奮地睜圓眼睛，伸出手指著我。

「啊？我又沒有配……喔，你說那個啊。」我嘆氣，擺了擺手，「不可能啦！」

「爲什麼？我覺得那說不定是妳的天職呀！」蕭大方誇張地說。

大一的時候，我和羊子青去練育澄家的配音公司參觀，遇見了樓有葳和她的經紀人，而她的經紀人看到我後，透過練育澄他爸爸表示希望能與我接洽。雖然我婉拒了，可這些年來，那位經紀人始終沒有放棄，依然對我相當感興趣。

但即便如今已經不必躲躲藏藏、不必擔心丁香玲會拿我和我媽怎麼樣，「低調」兩字仍深植在我的心中。

「我實在沒有興趣，我這樣的個性，要怎麼在鏡頭面前露出得體的微笑呢？況且我也不會唱歌或表演，演藝圈不需要我這樣的廢物。」

「妳光是穿著漂亮衣服站在那邊發呆，本身就是一幅畫了好嗎？天生的模特兒。」蕭大方今天講話特別動聽，為了讓我打起精神，他還真是無所不用其極。

「好啦，感謝你給了我這麼多自信，但那條路真的不適合我。」我扯扯嘴角。

「好吧，那別想太多，妳有妳自己的步調。」

回到家後，我並沒有告訴媽媽辭職的事，而是躲進房間打開電腦，打算把今天的怨氣以及沮喪都發洩在小說之中。

餐廳的經理被女鬼撕得四分五裂，然而由於前世今生所欠下的債，女鬼最終也走向了魂飛魄散的結局。

我任憑自己的想像力奔馳，一口氣寫完這部花了一年時間，斷斷續續創作的小說。當我伸著懶腰，下意識瞥了眼螢幕右下角顯示的時間時，才赫然發現已經凌晨三點了。

打開房門，媽媽早就回房睡了，客廳一片漆黑。我又關上門，在文末裝模作樣地打上「全文完」三個字，不禁笑了起來。

隨便寫寫的小說竟然也有十萬字，亂有成就感的。

我將檔案傳到手機裡，準備等明天陪蕭大方剪頭髮時，再重新看過一次。

此時的我還不曉得，我即將迎來人生的第四章。

隔天，我和蕭大方來到髮型沙龍後，心血來潮決定也染個頭髮，結果蕭大方都剪完了，我還在洗頭。

他閒得發慌，逕自拿起我放在座位上並未關閉螢幕的手機，默默讀起我寫的小說。

「喂，還我呀。」回到座位後，我伸手向他討手機，蕭大方卻擺擺手不理我，「這樣我會很無聊耶。」

「那妳先用我的手機。」說完，他把自己的手機交給我，正在幫我梳理髮絲的髮型師見狀笑了。

「你們感情眞好，對彼此這麼信任，能夠隨意看對方的手機。我男朋友都不讓我看他的手機呢。」髮型師開始說自己的事，讓我也只能配合著跟她聊天。

透過鏡子，我瞧見蕭大方皺緊眉頭盯著我的手機螢幕，表情隨劇情發展而變化。當我染完頭髮告訴他可以走了的時候，蕭大方居然要我先別吵他，他快看完了。

所以，我只好和他一起坐在捷運站外面的長椅上。我喝著飲料，並用他的手機瀏覽影片，大概又過了三十分鐘，他終於讀完小說。

「我們可以去拜拜了吧？」我嘖了聲，太陽都快下山了。

然而，蕭大方抓住我的手臂，語氣認眞：「姬品珈，這就是妳的天職吧！」

「什麼？」

他指了我的手機，「小說啊！妳寫得非常好，我不太看小說的，但妳的故事讓我忍不住一口氣看完！」

「呃……我只是隨便寫……」

「所以說，如果妳認眞起來呢？」蕭大方兩眼發光，「拿去投稿吧！或是拿去參加比賽，我眞的覺得很好看，反正妳都寫完了！」

我寫小說只是爲了打發時間，以及發洩自己的情緒，根本沒想過要投稿，更沒想到蕭大方會給我這個建議。

假如當年蕭大方沒有成爲我的摯友，那麼此刻可能也不會有這樣的發展。而在命運之書中，所有事件都是息息相關、一環扣著一環的，若沒有這樣發展，那最後，我也不會跟蕭大方結婚。

從此，未來我所獲得的一切成功，都注定了我將在愛情的路上跌得頭破血流。

✦

在故事的最一開始，各位就已經知道我是一名暢銷作家，而且我和蕭大方還合租了工作室。所以，關於投稿的過程便省略不提了，畢竟在我的人生中，以上都只是前情提要。

從我投稿到過稿的那段時間，大約有八個月左右，期間我換了兩個工作，並多寫了一部恐怖小說。

收到那封改變我整個人生的電子郵件時，我正在百貨公司擔任爲期三天的工讀生。我利用空檔偷看了下手機，發現那封信件時，我直接尖叫出聲，惹來督導訓斥，但我笑得嘴都闔不攏了。

姬小姐您好：

我是米原出版社的編輯，殷硯。
抱歉讓您久候，您的稿件令我非常驚豔，花了些時間閱讀。
請問您有出版的經驗嗎？只有這部作品，還是有其他創作呢？
若您方便，可以加入我的LINE詳談，或是回覆此信也沒問題。
期待收到您的回應。

米原出版社第一編輯部　編輯　殷硯

從這裡開始，我的人生的第四章眞正展開。

「靠！眞的假的！米原出版社是臺灣前幾大的出版社耶！我也和他們合作過好幾次，我就說妳有天分吧！」蕭大方在電話那頭興奮地喊，如同一年前，我得知他得獎時那般激動。

「怎麼辦，好不眞實，我還沒回信給編輯，我要怎麼回才不會顯得太急躁？」我握著手機的手微顫，明明豔陽高照，我卻止不了渾身發抖。

「不要得意忘形，然後要有禮貌……還有別拖太久！編輯可沒太多時間理新人，所以妳一定要好好配合才行……總之先回信給他！」蕭大方的聲音大到連我這邊的路人都聽見了。

「我現在在媽祖廟前面，我要先進去求一支籤冷靜一下。」

「靠！妳自己不能決定嗎？好吧，妳在那邊等著，我去找妳。」說完，蕭大方掛掉電話，而我深吸一口氣，進入廟宇內。

雖然我並不是虔誠的信徒，但每當感到迷惘時，仍是會想去廟裡求個方向，所以這次也不例外。

我買了些供品，在莊嚴的媽祖神像前閉上眼睛，說出自己的基本資料後，誠心提了問題。

我該接受出版社編輯的邀請嗎？

擲筊確認神明允籤後，我接著求籤，最後按照程序擲出三聖筊，得到了一支籤。

選出牡丹第一枝
勸君折取莫遲疑
世間若問相知處

萬事逢春正及時

我並沒有去找廟方人員解籤，僅是用自己的方式理解，媽祖告訴我，萬事逢春正及時。

所以我立刻拿出手機，飛快地輸入文字。

殷硯編輯您好：

非常非常高興收到您的來信！

我沒有任何出版經驗，目前除了這部作品外，還完成了另一部小說！

我一起寄給您！再次感謝！

姬品珈

我的回覆用了太多驚歎號，之後被趕來的蕭大方碎念了半天，他說我表現得太興奮了，到時候被壓榨怎麼辦。但我的確很想出書，所以並不在意這點。

不過，殷硯編輯遲遲沒回信，對此我感到十分失落，每天都留意著手機，只要一震動便趕緊查看是不是有來信，但幾乎都是廣告郵件。

「姬品珈，妳總不能一直打工吧？」短短兩年內，羊子青已經升職加薪了兩次，如今極受公司重用。

「但我不適合坐在辦公室的工作。」我癟著嘴。畢業後，我和羊子青見面的次數用一隻手都數得出來。

「妳也不適合做服務業呀，總是沒多久就辭職。」

剪了短髮的她看起來比以前俐落不少，臉上的淡妝襯托出她的美麗。她從包裡拿出幾個小小的罐子，「這是我新研發的化妝水，妳願意試用看看嗎？」

「當然好嘍，免費的。」我懶洋洋地接過，打開來聞了聞，「好香，妳已經開始負責研發了？」

「哪有這麼厲害，這是我自己私下試做的。」她聳聳肩。

「妳眞的好優秀，我想在和我們同年的朋友之中，就屬妳最成功吧？」

「行行出狀元，況且是我運氣好，恰巧發現前輩提出的配方裡有一項錯誤，才會導致產品研發失敗好幾次，所以僥倖升遷。論聰明才智，我還差得遠呢。」羊子青抬手將一邊的髮絲勾至耳後，露出了名牌耳環。

「哇，妳居然戴名牌耳環……賺很多喔……」我故意哀怨地說。

「不是啦，這個是、是練育澄送我的。」她臉都紅了，和練育澄談了幾年戀愛還會害羞，眞是幸福。

我想羊子青上輩子可能做了許多好事，才會同時擁有理想的工作和情人。雖然在她上大學之前，她的父母成天爭吵，最後還離婚了，但她的命運之書裡，大概就是會有不快樂的童年，可是卻能遇見優秀的伴侶，並迎來美好的前程吧。

「不跟妳說這些了，我覺得畢業兩年也差不多了，妳做過這麼多工作，如果都還找不到喜歡的，也許就試著做那些妳不那麼喜歡的吧？」

「妳別跟蕭大方一樣，要我去當藝人還是小模喔。」

她一愣，隨即笑了起來，「我知道妳不可能去當藝人，那不適合妳的個性。雖然聽練育澄說，那位經紀人還是有在詢問，不過妳沒興趣就算啦。」她從包裡拿出一張履歷表，「我會找妳，主要是爲了這件事。」

表格上頭應徵職位一欄寫著「行政助理」，而最上方是羊子青任職的化妝品公司的LOGO。

「我們公司的行政最近離職了，正急著找新人，如果妳願意，我們上司有答應優先採用我介紹的人。」羊子青將履歷表遞給我，「要是我們能一起工作，那該有多好呀！好像回到學生時期一樣。」

對於她的心意，我十分感動，也十分心動。即便不想做著一成不變的工作，也總不能一直這樣渾渾噩噩下去，看看羊子青都升職了，我還在原地踏步。

「謝謝妳，我有考慮的時間嗎？」

「兩天，可以嗎？」

「好。」我收下履歷表，覺得名爲現實的浪潮不斷朝我襲來，讓人難以招架。

「對了，妳跟蕭大方現在如何呀？」羊子青雙手放在臉頰邊，興沖沖地問。

也許她每一次都以爲可以得到「我們交往了」這個答案，但每一次她的期待都會落空。她無法理解爲什麼我和蕭大方走得這麼近，卻仍只是好朋友，認爲我們是用純友誼那套來敷衍大家，可他們並不知道，我和蕭大方之間不可能交往的眞正原因。

白書安說過，和蕭大方過於親密會趕跑我的桃花，當年的我不在意，如今的我也不在意。

雖然蕭大方極力表現得像異性戀者，然而其實仔細觀察還是能發現的，就像我和白書安一樣。

「我們只是很要好的朋友。」我學羊子青的動作，用手撐著下巴，「羊子青，我和蕭大方永遠不可能。」

「少來！」她笑了笑，絲毫沒放在心上。

我想再多等兩天，看看殷硯編輯會不會回信，但都已經過了一個月，我每天就如同站在望夫崖一樣，也許眞的應該接受羊子青的邀請。

可是當我將這個想法告訴蕭大方時，他卻要我直接打電話去出版社問。

「傻啦妳，人家都說很驚豔了，那就是有幫妳出書的意思，不然花時間回妳的投稿信做什麼？還沒事問妳有沒有別的作品？他的信件最後不是有留電話嗎，打去問比較快！」蕭大方一隻手在電繪板上來回塗抹，另一隻手在鍵盤上按著快速鍵，看似簡單而重複的動作，卻讓螢幕上逐漸出現美麗的草原景致。

「你在畫什麼？」

「後天要交稿的輕小說封面。」他嘖了一聲，「所以我可是特地擠出時間來和妳說話。聽我的，把那張履歷表丟掉，打電話給編輯。」

「突然打電話去不好吧，而且羊子青也是好心……」我咕噥著，抱著他的枕頭在床上滾來滾去。

「第一，就算窮途末路，也不要跟朋友一起工作，尤其是好朋友。妳傻瓜啊，不知道朋友一起住跟一起工作，最後都會吵架嗎？第二，眞的不要做自己不喜歡的工作。妳想想，學生時代即使不喜歡念書，青春還是要奉獻在念書上，而出了社會直到退休前，也都得持續工作下去，如果做不喜歡的工作，人生還剩下什麼樂趣？」蕭大方迅速地說，手上的動作沒有停下。

「一般不是都說，爲了生活，有時不得不向現實妥協嗎？而且我不能老是這麼任性，不想做什麼就不做吧？萬一再也找不到像樣的工作呢？」

「是沒錯。」蕭大方轉過電腦椅，「我問妳，妳喜歡寫東西嗎？」

「還算喜歡吧。」我聳肩。

「那就寫下去呀。」

「但我當初只是爲了發洩對生活的不滿，怎麼現在好像變成要以出書爲目的？」

「有差嗎？不出書妳就不寫了嗎？出了書妳寫的東西就不是妳的了嗎？」蕭大方

用力一拍自己的胸口，「重要的是心靈的充實啊！像我現在每天忙得要命，卻感覺很快樂。妳知道嗎？做自己不喜歡的事，那叫工作，可如果是做自己喜歡的事，就不是工作了。」

不知爲何，這麼說的蕭大方感覺十分帥氣。

「不過妳說的也對，我們必須顧及現實。妳去找份朝九晚五的單純工作吧，一方面確保生活無虞，一方面又能有時間寫小說。」他轉過身繼續畫圖，「能讓自己喜歡的事物變成生活的一部分，是很幸福的。」

我被蕭大方說服了，於是將羊子青給我的履歷表拿出來。我本來都已經填好了，打算交給羊子青。

「好吧，我應該去投別的履歷。」我將履歷表揉成一團，傳了訊息婉拒羊子青的好意。

她顯然相當失望，我告訴她，這是爲了維護我倆的友誼，然後開啟人力銀行的網站。就在我使用手機編寫履歷時，收到信件的提示音響起，我不抱期望地點開信箱，卻看見殷硯的來信。

姬小姐您好：

由於適逢新書宣傳期，所以遲回覆了。

您的兩部作品我都已經與總編輯討論過，我們有意出版，附件是合約內容，請您過目。

有任何問題都歡迎提出，謝謝。

米原出版社第一編輯部　編輯　殷硯

第六章

我時常想，也許我的命運之書是這樣安排的——

先是讓我有個不平凡的出身，導致小時候必須躲躲藏藏的，但也因此認識了再也見不到面的一群好朋友。

然後，我度過了還算平靜的國高中時光，在大學遇見最要好的女性朋友羊子青，以及幾乎是我人生中最重要的摯友，蕭大方。

接著，畢業後我經歷了一段不算短的迷惘期，但正因爲有這段經歷，我才會將自己的怨天尤人化爲筆下的故事，並在蕭大方的建議下投稿，最後成了我手上拿著的這本書。

只要有一個環節不同，也許就不會有這本書的誕生。

這是我拿到實體書後的第一個想法。

不眞實、不敢相信，簡直是奇蹟。

「妳發什麼呆？」陪我一起來書店見證奇蹟的蕭大方好笑地看著我。

「好像在做夢一樣，你看，是我的書耶，我寫的書！」我快要哭了。

蕭大方卻一臉稀鬆平常，他拿起旁邊的某本書，又走到另一個書櫃前，隨意抽了五本書出來，將封面朝向我，「妳看，這些書的封面都是我畫的。」

「你很機車欸。」我用書本打他，「讓我感動一下會死嗎？」

「哈哈，我懂妳的感動啦，好好記得這一刻，未來妳可能會出書出到忘了最初的感動喔。」蕭大方將那幾本書一一放回書櫃，我也準備將我的書擺回架上，卻被他抽走了。

「你幹麼？」

「買下來呀。」

「我之後給你一本公關書就好了啊。」

「我要用行動支持我最要好的朋友。」蕭大方輕快地說，讓我有些不好意思。

步出書店，蕭大方翻著我的書，盯著作者介紹一欄看了又看，「筆名姬方，是故意用我的方嗎？」

「當然呀，不然是誰的方？」

「好肉麻呀，別人會以爲妳喜歡我。」

「畢竟沒有你，我也不會決定投稿，這可是一種感謝好嗎。」我白了他一眼。雖然說得不正經，但我想蕭大方明白的。

「我直接用了本名，要是有天我畫了妳的小說封面，那兩個人的名字結尾都有方，其他人會不會覺得我們有一腿？」蕭大方最後那句話還模仿羊子青的語調，我不禁失笑。

「我想大家只會注意到我的姓很罕見。」

「我的名字也很罕見啊！」他反駁。

「是隨便吧！你們家三個兄弟叫大富大貴大方，如果再多生兩個，是不是要叫大吉大利？」

「這很有可能，我爸媽絕對會這麼做！」蕭大方大笑起來，接著忽然立正站好，用雙手將書本遞過來。

「你這是幹什麼？」

「當然是要妳幫我簽名啦！」

我有些窘迫，「我不知道怎麼簽名。」

「那就現在想，我當第一個給妳簽名的讀者。」蕭大方燦笑。

於是，我用原子筆在嶄新的白色扉頁上，顫抖地寫下「姬方」兩字，接著突發奇想地在後頭畫了一對蝴蝶翅膀，代表著破蛹而出。

「妳幹麼寫兩個『3』？」

蕭大方這傢伙故意這麼說，一點也不浪漫。

在搭捷運回家的路上，蕭大方又翻閱起我的書，他一路安靜地讀著，我則用手機在網路上搜尋關於這本書的消息，並不時去刷新網路書店的排行榜。

不過身為一個新人作家，我根本還沒什麼討論度。

沒關係，萬事起頭難，繼續努力便是。

「妳這個編輯很厲害耶。」蕭大方忽然翻到最後面的版權頁，看了下責任編輯的名字，「就是殷硯？妳見過他嗎？」

「沒見過。」

「妳都出書了，還沒見過他？」

「網路這麼方便，信件來往都很迅速，所以也就沒有……」我聳聳肩，「怎樣說他厲害？」

「我看過妳的初稿，雖然本來就寫得很不錯了，但他讓妳的作品變得更有味道……就像是食材本身已經夠好，而廚師又加入了特製的調味料，瞬間讓這道餐點的美味提升了好幾個層級。」

「這樣啊……你不是跟米原出版社接觸過？你認識他？」

「不認識。」他搖搖頭。

「那我需要主動約編輯見面嗎？」

「約他見面幹什麼？」

「嗯……謝謝他？然後吃個飯？」

「哈哈哈，不用吧，順其自然就行了。」蕭大方的手攬上我的肩膀，「總之，恭喜妳了。」

「嘿嘿。」我難得不好意思起來。

雖然出了一本書，我的生活仍沒有太大的改變。我聽從蕭大方的建議，找了份朝九晚五且不需要加班的工作，並利用閒暇時間寫作。除了蕭大方，我沒有告訴其他人我出了書，因爲總覺得怪彆扭的。

大概過了三個月，當時我與編輯已經討論到下一本書的出版時間，而羊子青又約了我見面。

「上次給妳試用的保養品，覺得怎麼樣？」一坐下，羊子青便又拿出好幾個瓶瓶罐罐。

「上次那些滿好用的，可是用久了會長痘痘，可能對我來說成份太滋潤吧。」我撫摸著自己的臉，「所以我就停用了。」

「這樣啊……我同事還用到過敏。」羊子青嘆氣，打開了她的黑色背包，抽出一個大尺寸的夾鏈袋，裡頭同樣放滿各式小罐子，「這次有改良版的，妳願意再試試看嗎？」

「當然沒問題。」我接過夾鏈袋，卻瞥見羊子青的背包裡有本書，封面是熟悉的深藍色。

「那是什麼？」我情不自禁地喊，羊子青被我嚇了一跳，拿出包裡的書。

「小說呀，怎麼了，妳要看嗎？」

是我的書！我簡直不敢相信，幾乎控制不了表情。

「妳怎麼會有這本小說？」

「練育澄買的，他說很好看，要我也看看……妳的反應怎麼這麼大？」羊子青滿臉困惑，翻了一下書，我看到裡頭夾著書籤。

「妳已經看了嗎？看到哪了？好看嗎？喜歡嗎？」

「看到第一個男人的屍體在死巷裡被發現……氣氛營造得不錯，我挺喜歡的，但是我工作很忙，能看書的時間不多，如果妳想看我可以先借妳……」

我忍不住笑了起來，這種感覺就像花一百塊隨便買了張刮刮樂，卻發現中了二十萬那樣驚喜，我笑得合不攏嘴。

「幹麼？妳好奇怪喔，有點可怕。」

「羊子青，妳看一下作者的筆名，還有作者介紹。」

她皺眉掃了眼書背，接著翻開封面折口，「什麼啦……不就是姬方嗎？『將生活瑣事全容納進故事之中，成就另一個你我都能存在的天地』，這是怎樣……」

忽然，羊子青瞪大眼睛，「妳不要說這個姬，就是姬品珈的姬喔。」

「那個姬就是姬品珈的姬，不然是小雞的雞嗎？」我挑眉，指了指我自己，然後對神情滑稽的羊子青點頭，「是呀，就是我。」

「什麼？妳妳妳妳，妳什麼時候出書了？怎麼都沒有跟我說！」羊子青激動地大叫，衝到我身邊抓住我的肩膀搖晃，「這件事蕭大方知道嗎？他什麼時候知道的？妳跟他講的，還是他自己發現的？」

我被晃得頭暈，「快住手啊，救命——」

於是，在羊子青打破砂鍋問到底，宛如對男友逼供的情況下，我交代了始末，與此同時，我的手機傳來震動，但我稍晚一點才會看見，那是來自殷硯編輯的邀約。

姬方老師好：

恭喜妳！我剛剛簽下了《後巷的女人們》的再刷單。

第一個月也許大家都還在觀望，銷售成績雖然不算理想，但後勢不錯，我很看好。

關於第二本書的出版事宜，雖然用信件也能討論，但我想還是和妳見個面聊一聊，順便談談我們對妳往後發展的規劃。

請問下禮拜哪一天妳會比較方便呢？

米原出版社第一編輯部　編輯 殷硯

✦

我用拿到的第一筆稿費，請蕭大方去了一家高級景觀餐廳吃飯，用餐時我告訴他下禮拜終於要和編輯見面了，而他高興地說要開瓶紅酒慶祝，恭喜我的小說再刷。

那一年，我們快二十五歲，對未來的一切充滿希望，兩人的事業都正在起步，沒有關於愛情的煩惱，沒有其他需要擔憂的事。

幾杯紅酒下肚，我看著酒瓶，想到了白書安，也想起很久以前就十分好奇，卻始終沒有問成的問題。

「蕭大方，你高中的時候……和白書安之間到底發生了什麼事？他是怎麼發現的？」

「喔，那個啊。」蕭大方抓了抓頭，「妳記得那次車禍，我在醫院裡頭，不是很刻意看A片或稱讚別的女人的身材嗎？」

我笑了出來，「是呀，有夠蠢的，弄巧成拙。」

「我會那樣是有原因的。高中時，班上男生很愛討論那些，但我都沒興趣，結果白書安就開玩笑地說『你該不會比較喜歡看男人吧』。我當然馬上否認了，可隔天他居然私下找我道歉。」蕭大方嘆氣，「那瞬間我就明白，他發現了。我原本打算求他不要跟別人講，也做好了要是他講了，我可能得面臨什麼的心理準備，可是白書安完全沒說。在那之前，我和他並不是特別好的朋友，他卻沒有告訴任何人。」

「這種事情本來就不該亂講呀。」

「是沒錯，不過當時我們只有十六歲，十六歲的屁孩哪會管其他人的心情？只會在乎自己的話能不能引人注意。」蕭大方又倒了杯紅酒，「所以，我一直覺得自己欠他人情，當他說想認識妳的時候，才會答應幫忙。」

「原來是這樣。所以，你是因爲高中時沒有做出普通男生該有的反應，在醫院時才故意那麼誇張？」

不知是由於酒精的作用，還是由於害羞，蕭大方微微紅起臉，「怎樣，不行喔？」

「哎呀，你還眞是可愛。」我笑了笑，「這麼可愛，爲什麼沒有男朋友？」

「我哪知道，反正這對我來說不重要，現在最重要的是，如何讓我的畫被更多人看見。」

蕭大方說起對未來的規劃，而我只是想著，據說同性戀者之間有種雷達般的感應，他們能夠分辨誰和自己是同一個圈子的。

若是如此，那這麼優秀的蕭大方，絕對不會獨自終老的，無論是對男人還是女人來說，他都是天菜。

爲了和我的大編輯殷硯見面，我特地請了假前往出版社。

米原出版社位於商業區的捷運站出口轉角處，在一棟辦公大樓裡。當我快要抵達時，收到了殷硯的來信，他表示臨時有事離開了公司，請我稍候，會有人先接待我。

我回信請他慢慢來就好，雖然第一次去出版社的我十分緊張。我在電梯裡對鏡整理自己的髮型，並補了口紅，希望能營造出專業又優秀的形象。

電梯門一開，前方便是米原出版社的櫃檯，牆上有著大大的「米原出版社」字樣。櫃檯小姐詢問了我的名字，以及我要找哪位。

「我、我是姬方……」說出筆名讓我有點難爲情，但殷硯要我報筆名即可。

「啊，姬老師您好，殷硯有交代另一位編輯先跟您……」櫃檯小姐正要打內線電話，此時電梯門再度打開，走出一位穿著襯衫和牛仔褲，並戴著墨鏡的男人。

「您好，請問您要找？」

「殷硯在嗎？」男人拿下墨鏡，漂亮的眼睛像是會放電一般。

「啊，殷硯他暫時外出。請問您是……」

「沒關係，我打給他。」男人說完就走到旁邊的沙發坐下，拿出手機撥打電話。

櫃檯小姐尷尬地笑了笑，然後繼續手上的動作，撥了內線。不久，裡頭的辦公室走出一名嬌小的女性，她戴著眼鏡，胸前掛著識別證，「姬老師您好，要麻煩您等一會，殷硯很快就會回來。您要不要去我們的會議室稍坐呢？」

我望向辦公室內部，裡面很安靜，女編輯所說的會議室裡似乎有人在開會，而另一邊還有個開放式的座位區。該不會是在那裡等吧？好像有點讓人不自在。

「沒關係，我在這邊等就好。」所以我這麼回答。

「這樣太不好意思了。」

「沒關係，眞的。」

「那個，有妳的電話喔。」櫃檯小姐朝女編輯說。

「妳去忙吧，不必招呼我。」我笑著表示。

「那……麻煩妳上點茶水給姬老師。」她向櫃檯小姐囑託，再三和我道歉後，才急匆匆跑回辦公室。

我走到沙發區，在剛才那個也要找殷硯的男人對面坐下。男人似乎剛講完電話，他玩著手機，櫃檯小姐過來問我們要喝些什麼，他抬頭說了咖啡這種給人添麻煩的要求，接著目光停留在我臉上。

「我喝水就好了，謝謝。」我對櫃檯小姐說，隨即便要收回目光，卻發現男人坐正身子盯著我瞧。

我覺得奇怪，瞥了他一眼，他非但沒有移開視線，反而更加肆無忌憚地打量我。

「我們是不是在哪裡見過？」他居然說出這種老掉牙的搭訕用句，「妳長得很眼熟，在哪裡見過啊……」他拍了下自己的額頭，閉起眼睛緊皺著眉，像是在努力回想，可我對他的臉一點印象也沒有。

我扯扯嘴角，給他一個敷衍的微笑，畢竟這位仁兄也是殷硯的客人，或許同樣是作家，還是客氣點比較好。

「到底在哪見過妳啊，我們一定見過，哪哪哪哪……」

「我沒有見過你呢，你大概是認錯了。」我再次對他禮貌性一笑。

「不可能，我不可能認錯人，但妳這麼漂亮，我怎麼會忘記是在哪見過？所以八成是很久以前的事……」

這個人越說越扯，直到櫃檯小姐送來咖啡和水，他還在糾結。

「先生，我眞的沒看過你，你應該是見過其他和我長得很像的人。」我言明最後一次，語氣堅定之餘帶著不悅，不過對方一點也沒有退縮。

「妳叫什麼名字？我叫高立丞，妳有印象嗎？我一定見過妳，大概是以前的同學，或是念過同個學校？還是生意上有往來？妳去美國留學過嗎？」他雙手環胸，連珠炮似的問個不停，我拿起水喝，決定無視。

電梯發出叮的一聲，一開門便聽見一男一女說話的聲音。

「我的天啊，站名只差一個字，距離卻差這麼遠，早知道我直接坐計程車來就好了。」女人大大嘆了口氣，高跟鞋敲在磁磚地上發出叩叩聲響。

「我不是有給妳地圖嗎？這麼好找也可以迷路。」男人顯然有些無奈。

「啊，喂！」我面前的男人站了起來，朝那對男女揮手。

「殷硯，姬老師在那邊等。」櫃檯小姐也開口，我趕緊把水杯放下，起身要打招呼。

「殷硯、余潔，你們快看看這個人你們認不認識。」男人說。我回過頭，笑容在看見眼前的男女時，僵在了嘴邊。

彼得老師的話浮現在腦海，當時我們幾個孩子待在樹林裡的別墅之中，聽著他述說關於緣分這件事。

有些人是時間抹去不了的存在，只要再次見到他，不管他變成什麼樣子，妳都能一眼認出來。

我摀住嘴巴，看著眼前那個有著褐色眼珠的男人，他的頭髮整齊地往後梳，身穿棉質上衣和寬鬆的長褲。

「是……小品嗎？」他喊出了這個十多年來沒人再喊過的綽號，「妳就是姬品珈？」

然後，小寶笑了。

雖然模樣變得成熟，他的笑容依舊與我記憶裡年少時的他重疊在一起。

「對！小品！天啊！小品！」那個說看過我的男人抓著頭髮大喊，接著將我抱起來轉了一圈，「就是小品！難怪我想不起來！這麼久了，妳過得好嗎？」

我被轉得暈頭轉向，看向一旁的余潔。她驚訝地張大嘴巴，那立體的五官和淺色頭髮和小時候如出一轍，還是那麼美麗。

「小寶、小潔……那這一位是……」我輕輕推開男人。

「我是小胖啊！」

「啊？」這下子換我驚訝了。

「哈哈，我變了很多，妳認不出來是當然的。」他搞笑地舉了舉自己的手臂，秀出肌肉。

「好誇張，世界這麼小？這樣也能遇到？」余潔將手放到我的肩膀上，上下打量著我。

我無法言喻自己此刻的心情，幾乎就要落淚。我用力抱住余潔，她措手不及，跌入我的懷中，身上傳來好香的味道，是熟悉的香味。

如果這世上有所謂的奇蹟，比我寫的小說成為一本書還更能稱作奇蹟的奇蹟，那麼就是這一瞬間了。

「余潔的名字，我當年就知道了，原來小胖的名字叫高立丞。」我鬆開余潔，吸吸鼻子。

接著，我看向眼前的小寶。

他比當年高上不少，眉宇間依然存在著溫柔，又帶了點歷經磨練的滄桑。

「小寶，你就是我的編輯殷硯嗎？」

「原來妳就是小品，我們聯繫了這麼多次，我從來沒……」殷硯話還沒說完，我已經衝上前抱住他。

「每個人都要抱一次是嗎？」余潔雙手環胸，無奈地笑。

「呵。」殷硯在我耳邊輕笑，也伸手抱緊我，「好久不見，小品。」

我邊哭邊笑，又問他們幾個：「小怕呢？」

他們的笑容忽然凝滯了。

斷掉的線，有時候不一定接得回來。

「我們本來打算今天要去見她，這大概是命中注定吧。」高立丞扯扯嘴角。

余潔走過來勾住我的手，「她肯定會很高興見到妳的。」

「小怕的本名……叫做什麼呢？」我問殷硯。

而他淒楚一笑。

殷心。

卒於十二歲。

✦

面容稚嫩的小怕在黑白照片中笑著，在這座靈骨塔裡，其中一個小小的櫃位是屬於她的。

當年的所有人之中，只有小怕沒變，因爲她永遠停留在那一年了。

「這是……怎麼回事？」十二歲，所以我離開後一年，小怕就過世了？

「殷心的身體本來就不好，這妳也曉得。」余潔嘴角帶著清冷的笑，她用拇指撫過殷心的照片，「但妳看，她永遠也不會老了，保持那最可愛的模樣。」

一旁的殷硯皺著眉頭凝視殷心的照片，最後淺淺一笑，「心，看看誰來了，是小品喔，妳一直惦記著的小品。」

我的淚水潰堤，想不到再次相遇會聽聞如此噩耗。我知道殷心生病了，可是我不知道有多嚴重。

「一定是妳給我們的驚喜對吧？在我回臺灣後，讓殷硯約了品珈見面，這一切都是妳安排好要讓我們重逢的，對吧？」高立丞在後頭說，他的雙手搭上我和殷硯的肩膀，「殷心，妳從以前就是這麼……貼心呢。」

他的聲音哽咽。

「不是答應過她，以後來都不會掉眼淚的嗎？」余潔沒有轉過頭，但她的手微微顫抖，聲音也沙啞了。

「我只是……太高興了。」高立丞努力擠出微笑，「我好渴，先出去喝水……」他鬆開手，幾乎是用跑的離開這條走道，往樓下而去。

「擦掉眼淚，我們答應過心，不會讓她看到眼淚。」殷硯從口袋裡拿出手帕，這一幕無比熟悉，當年在那片小山坡上，他也曾拿出手帕要我擦乾身上的汗水。

「她是怎麼……」我用手帕按著自己的眼角。

「先天性心臟病，醫生說她的心臟會逐漸纖維化。那時彼得老師要我們用綽號稱呼彼此時，殷心就說她的心臟有問題，而她的名字裡也有一個心字……」余潔掉下一滴眼淚，她很快抬手擦去。

殷硯打開塔位的櫃門，裡頭放著一個小小的粉紅色罐子。他猶豫了下，輕撫過罐子，然後伸手拿起放在旁邊的信封。

「那是什麼？」余潔有些驚訝。

「心告別的信。當年只有小品找不到人，所以我後來把這封信放到了裡頭，希望若是哪天和小品重逢了，能由心自己交給她。」殷硯將那同樣是粉紅色的信封遞給我，上頭用了蝴蝶造型的貼紙封口。

我泣不成聲，瘦弱的、溫暖的小怕，如今成了一個手心大的罐子。

親愛的小品：

爲什麼妳的電話號碼是錯的呢？

我們打過好幾次，打到接電話的人都生氣了，他們每次都說沒有人叫做小品。

彼得老師讓我看了臺灣的地圖，其實沒有很大，所以我一直相信有一天可以再見到妳，當面問妳一些問題。

可是我沒想到，我的身體好像快要不行了。

以前醫生說過我只能活到五歲，然後我五歲了。接著說只能活到八歲，我又活過八歲了。所以，當醫生說十二歲時，我也沒有相信，因爲我都逃過兩次了，第三次不會失敗的吧？

但是，這一次醫生說的好像是對的，我現在每天睡著，都好怕醒不過來，胸口老是很痛，痛到我忍不住希望乾脆不要醒來。

啊，我不該跟妳說這些，應該要講些開心的事情呀。

小品，我的名字叫做殷心。

很可惜，我沒辦法親自告訴妳我的本名了。很可惜，我也永遠不會知道妳的名字了。

在妳加入我們之前，我們都是用本名稱呼彼此的，可是有一天，彼得老師說有新同學要來，而妳的狀況特殊，自學的原因跟我們不一樣，還必須隱瞞本名。

所以，我們各自取了綽號，余潔很沒創意，就叫小潔，立丞也是，他說他胖胖的，叫小胖最適合。我覺得我和殷硯最有創意了。

我的心臟會逐漸纖維化，在X光片上面，纖維化的部分看起來白白的，我的心臟正慢慢變白呢。

雖然我有點害怕，不過又覺得很神奇，感覺好像是冥冥中注定的一樣，我叫殷心，心臟逐漸變白，我很害怕，於是變成了「怕」。

所以，我將自己取名為小怕。

殷硯呢，是因爲硯臺是文房四寶之一，所以是小寶。哈哈，是不是很有趣？

我猜小品的名字裡應該有個品字吧？

記得告訴我，我有沒有猜對喔。

對了，立丞跟我講了之前上課時，妳和大家說的那個理論，就是命運之書的理論。我好喜歡妳的想法呀！

所以我認為，我投胎的時候，一定是選擇了天生身體不好，卻有個最棒、最善良、對我付出一切的哥哥殷硯，跟沒有血緣關係卻把我當成妹妹的余潔，以及無條件將擁有的東西分享給我們的立丞。

當然還有妳，小品。

雖然妳和余潔、殷硯一樣大，我並不覺得妳是姊姊，更像是我的朋友。

如果在閉上眼睛前能再見妳一次，那就好了。

答應我一件事，要是妳現在正在哭，那就快點不要哭。

要是當妳看見這封信，殷硯、余潔、立丞也都在哭的話，請幫我抱抱他們，要他們都不要哭。

尤其是我的哥哥，殷硯，幫我抱抱他吧。

謝謝妳，小品。

我不清楚妳需要隱瞞本名的原因，但希望現在妳已經能用自己的名字，不必再躲藏了。

等我變成天使以後，我會去找到妳的，不要擔心，我們一定還能再見面。

殷心

我不斷啜泣，又努力想忍住眼淚，殷硯的手帕全被我的淚水沾溼，他和余潔也受我的情緒影響，眼眶泛紅。

我深吸一口氣，將信紙摺好放回信封，並小心地收進包包裡。

「殷心說不要哭。」我說，拍打自己的臉頰，「殷心說不要哭！」我提高聲音，再用力打了自己的臉頰一下，「殷心說了，不要哭！」

「小品，妳在做什麼？」余潔要拉住我的手，我隨即露出微笑，伸手擁抱了她。

「殷心說不能哭。」我重複，「她說，如果你們哭了，就要我抱抱你們。」

「啊？」余潔破涕爲笑，「很像她會說的話。」

一旁的殷硯也擦去眼淚，輕輕一笑。

「殷心，我有遵守約定，把信交給了小品，所以妳是不是也要遵守約定，來到我的夢中，告訴我妳過得好不好呢？」

我握住殷硯的手，對他微笑，「她現在是天使了，隨時都在我們身邊。」

第七章

得知殷硯就是小寶後，我們在溝通與合作上更加順利了，因爲有小時候那段情誼，我們變得不僅僅只是作者與編輯，更是好友。

有時我們會見面吃飯，討論小說的劇情發展。殷硯給予了我許多建議，讓我能將故事編織得更精彩，也將角色的魅力發揮到極致。

不過，他也十分嚴格，我曾經在半夜三點修稿時，收到他的訊息，要我把前面兩萬字全部重寫，當下我簡直差點吐血。

動腦並不比付出勞力輕鬆，因此我忽然理解了，爲什麼以前班上成績第一名的同學都很瘦。

《後巷的女人們》在暢銷排行榜上盤據將近半年，持續刷新著紀錄，同時我的第二本書也即將出版，與上一本書呼應，書名是《高樓的男人們》。

讀者們閱讀了《高樓的男人們》後，驚喜地發現居然解開了《後巷的女人們》中的伏筆，於是《後巷的女人們》的銷售量再次被拉抬起來。

而才剛出版《高樓的男人們》，殷硯便馬上與我商討下一本書的內容，以及交付稿件的時間。

寫稿的日子裡，時間彷彿流逝得特別迅速，現在才七月初，我的日程卻已經排到了年底。

「那有什麼？我的工作到明年年底都排好了。」殷硯冷笑了聲，看起來很得意。

「你眞的是工作狂。什麼星座？」問完，我隨意猜了個星座，還眞的矇到了。

「工作是唯一有所付出就能得到回報的事，很划算。」殷硯將手上的書籍交給我，「這本書妳可以看看，對妳的寫作會很有幫助。」

我翻閱著他交給我的工具書，「你對旗下的作者都這麼好嗎？」

「怎麼可能。」殷硯摸了摸頭後，「當然是因爲妳是小品。」

「我都這麼大了，叫我小品我會起雞皮疙瘩。」我將臉埋在書的後面，假裝正在看內容，事實上是不好意思。

「對了，明天晚上要不要和大家聚會？」殷硯拿出手機查看訊息，「立丞總算有空了。」

「他爸放過他了？」我揶揄，而殷硯聳聳肩。

重逢後，我們四人花了一個晚上的時間，重新介紹自己。

以前不需要知悉彼此的背景，也能好好地當朋友，但在殷心不在的如今，我們都已經長大成人，更該彌補當時的遺憾。

雖然嚴格說起來，需要自我介紹的只有我，畢竟他們之間原本就認識，這些年來也始終保持著聯繫。

高立丞是名符其實的富二代，因爲小時候有暴食症，加上反應比較慢一些，不適合就讀菁英學校，才會在家自學。

他自學到國中畢業的年紀，才去了名校念書，並在高中畢業後前往美國留學。受西方文化影響，他愛上了戶外運動，瘦了下來，性格也變得大方許多。

我們在出版社相遇的那天，正好是他從美國回來的第二天，所以他認爲這一切都是殷心安排好的，那時他們三人都在臺灣，才能一起與我重逢。

目前高立丞正在自家公司學習，準備接下家業，每天都忙得不可開交。

而余潔是個家道中落的千金，由於父親經商失敗，欠下太過龐大的債務，因此他們只得舉家躲債。

原本她先是轉學到中部的小學，在那裡認識了殷硯，但後來債主找到余潔就讀的學校，於是她父母便透過層層關係，找上了高立丞的爸媽，讓她也一同自學。

至於殷硯和殷心，他們的加入完全是巧合。

殷心的身體不好，沒辦法上學，可是她很想和其他的小朋友一樣，在戶外跑跳、學習知識。

殷心曾哭著說，如果遲早會死，那她寧願是在外頭玩耍時、或是在教室裡學習時死去，也不要在病床上或是房間裡，看著窗外的世界離開。

爲此，殷硯使勁轉著小腦袋，思考著該怎麼達成妹妹的願望，結果某天偶然聽見老師們在討論已經離開的余潔，說她似乎轉爲自學了。

這正好就是能夠讓殷心學習，同時殷硯也能在一旁照看她的最佳方法。

於是，殷硯費了一點工夫找到余潔，並向余潔的父母再三保證他們不會洩漏余家的行蹤，最終說服了他們。

然後再過一年，就是我的出現。

那段時間是殷心最快樂、身體狀況最好的時候。

「妳媽媽是姬雪這件事，我到現在還是不敢相信，我們家有她的錄影帶耶。」自從知道我的身世後，高立丞時不時就要提一下。

「現在是已經不需要刻意隱瞞了，不過你還是小聲一點吧。」我聳聳肩。雖然如今即便這件事爆出來，也沒什麼新聞性了。

「對了，妳不是說妳的好朋友也會來嗎？」余潔替我的杯子倒滿飲料，順便夾了塊燒肉到自己的碗中。

「羊子青八成是要加班不能來了，不過蕭大方會來。」我想把我最要好的兩個朋友，介紹給這三位我童年時代最特別的朋友。

「蕭大方就是幫我們畫過封面的那個蕭大方，對吧？他很有潛力，未來一定會越來越知名。」殷硯肯定蕭大方的實力這點，讓我十分高興，也因此知道，原來當自己的朋友被另一個朋友認可時，會感到這麼驕傲。

「你接觸過他？」在這難得可以放鬆的聚會上，被工作操得不成人形的高立丞早已喝了好幾杯，但不得不說他的酒量很好，喝到現在連臉都沒紅，狀態也正常。

「是其他同事負責接洽的，聽說是個滿有主見的繪者。太有主見有時候會有點麻煩，不過他的作品質感非常好，所以我們挺放心的。」

「嘿嘿。」聽了殷硯的稱讚，我更加高興了，得意地說：「他可是我最好的朋友，當然優秀！」

「喔？好朋友？男生？抱歉，我不信這一套的。」余潔一副八卦的樣子。

我無奈地聳肩，擺了擺手，「從以前到現在有許多人把我們湊對，可是我和蕭大方絕對不可能，在我們身上可以找到男女間的純友誼，保證。」

「說得這麼肯定才有鬼。」余潔賊賊地笑，將烤好的肉片一一放進每個人的碗中。

「幹麼不相信品珈說的話？照妳這麼說，我們也不單純喔。」高立丞對余潔挑眉，露出潔白的牙齒。

余潔冷眼以對，仔細一瞧，她的脖子居然冒出了雞皮疙瘩。

「抱歉，我光用想的就覺得噁心。」余潔把手放在胸口，作勢欲嘔。

「哈哈哈！」殷硯大笑，印象中，我似乎沒看過他如此開懷的模樣。見到他的笑容，我稍稍放心了下來，「相信世界一點吧，純友誼也是可以存在的。」

余潔用食指點著下巴，來回瞧了瞧高立丞和殷硯，「是啦，我和你們兩個絕對純。」接著她指向我，「品珈也是。」

我用力點頭，此時燒烤店的大門打開，穿著短袖襯衫的蕭大方四下張望，看見我後招手走了過來。

「大家，我介紹一下，這是蕭大方。」

蕭大方拿下頭上的帽子，向他們三個點頭打招呼，並亮出自己手上的紅酒，「這個是見面禮，品珈說你們都喜歡喝酒，剛好我們有個朋友在酒商上班。」

「你還去找白書安啊？」我讓了位子給他，而高立丞接過蕭大方手上的酒。

「哇，這酒很好耶。」他端詳了下，朝蕭大方笑，「謝謝啦！」

「不客氣。」蕭大方也看向他，在我身邊坐下。

「蕭老師你好，我是殷硯，這是我的名片。」結果殷硯馬上切換成工作模式。

「哈哈，你好，那這是我的名片。」

「你什麼時候印了名片？」我訝異地問，伸手要了一張。

「也給我一張吧。」高立丞在一旁湊熱鬧，余潔也意思意思拿了張。

這頓飯吃得相當開心，最開心的，莫過於我的朋友們都互相成了朋友。

後來我又約羊子青和大家聚會，她和練育澄一起出席，我們去了臺北有名的臺菜餐廳。

這回蕭大方還約了白書安，他們兩個和高立丞天南地北地聊，從酒談論到電動遊戲，甚至另外約好要去品酒會。

而余潔正巧一直是羊子青所屬公司的品牌愛用者，並且是頂級VIP，所以此後她也和羊子青保持著聯繫，除了分享她喜歡的產品，有時也會建議羊子青可以推出什麼新產品。

殷硯與我和蕭大方就不用說了，我們在工作上往來頻繁，這讓我不禁再次想起彼得老師所說的緣分。是否我們都跟殷心一樣，是因爲命運之書裡頭缺少了些什麼，才能得到這群朋友？

同時我也有個疑問，他們和彼得老師還有聯絡嗎？

「彼得老師寄過明信片給立丞。」

「爲什麼是寄給他？」

此刻，我正在出版社的會議室裡和殷硯討論下一部作品，他拿出手機給我看高立丞傳給他們的照片，畫面上是彼得老師在冰上釣魚的模樣。彼得老師笑得十分燦爛，身旁有幾個外國人。

「因爲立丞之前在美國留學時，和彼得老師見過一次面，而且說實話，也只有立丞的行蹤最穩定。」殷硯聳聳肩。

「他好像一點也沒有變。」彼得老師笑顏一如記憶中那般溫暖，我懷念地說，「希望還有機會見到他。」

「會有的。」殷硯肯定地說，「有殷心保佑呢。」

「也是。」

「對了，因為妳的前兩本書都賣得很好，打鐵趁熱，在第三本書出版前，我們想回饋讀者，在北、中、南部各辦一場小型簽書會，妳方便配合嗎？」

殷硯的話令我大吃一驚，頓時有些惶恐不安。

我何德何能可以開簽書會？

「時間會選在週末，先去高雄，隔天前往臺中，然後臺北場是再下一個禮拜舉辦，所以妳必須空出連兩個禮拜的假日。沒問題吧？沒有約會吧？」殷硯調侃我。

「哼，我可是為工作而生呢，我才要問你沒有約會吧。」我回敬。

「我也是為工作而生。」他模仿我的語氣。

於是，這件事便這麼敲定了。

簽書會的日子比我想像中還要快到來，而我都要出第三本書了，也討論好了下一個系列的規畫，於是我認為差不多該向媽媽坦承了。

是的，我還沒告訴媽媽，我寫了小說，並且出了書。

「媽。」我想用自然一點的方式開場，所以選擇在晚餐時開口，「我這禮拜六、日要外宿。」

「妳交男朋友了？」媽媽停下筷子，皺起眉頭。

由身為女兒的我來說也許有失公道，不過我媽不愧曾是當紅的明星，即便已經五十幾歲了，模樣依舊美麗動人。

這麼美麗的她，怎麼就沒有找到新的伴侶呢？

但或許正是由於過去的身分，讓她即便歸於平淡，也無法被視作平凡之人，那些可能陪伴她的男人最後都打了退堂鼓，畢竟她有過富商情婦這個身分。

「不是交了男朋友，是我要參加簽書會。」

「簽書會？」媽媽一臉疑惑，「參加誰的簽書會？」

「我的簽書會。」我指了指自己，「我成爲作家了，媽，都快出第三本書了。」

「什麼？」媽媽的驚呼讓我有些退縮，想起了她以前一直要我低調。

當作家不算太高調吧？她會不會不支持我？

多年來，她沒再提過爸爸，也沒再被丁香玲那女人威脅，再加上我都成年了，早就覺得那些事都已經無比久遠。可是此刻面對著媽媽，我彷彿又變回那個只有國小三年級的孩子。

「我的女兒出書了？還要開簽書會了？我怎麼都不曉得？」媽媽起身來到我旁邊，兩手貼在我的臉頰上，「妳怎麼這麼厲害！」

這個反應是我始料未及的，我原以爲即便媽媽沒有生氣，大概也會冷冷地提醒我別太張揚，沒想到她竟會稱讚我。

我眼眶一溼，趕緊甩開媽媽的手。隨著年紀增長，掉眼淚變成相當私密的行爲，而且我也不想讓媽媽看到我脆弱的模樣。

畢竟我長大了，會希望在她面前我能獨當一面，希望她眼裡所見的我，不再是那個容易哭泣與需要被保護的孩子。

所以，我不讓她發現我感動的淚水，轉過頭後笑著說：「對呀，蕭大方說過這是我的天職，他現在也……」我滔滔不絕地說起蕭大方的成就，他前陣子參加了漫畫新星比賽得到優勝，再幾個月就要開始連載作品了。

媽媽溫柔地摸摸我的頭，而後回到她的位子，慢慢吃著飯菜聽我述說。

出社會以後，我似乎很久沒有好好和她說話了，她的臉龐雖然依舊美麗，卻掩藏不住歲月的痕跡以及歷經的風霜。

「妳和大方在交往嗎？」關於這個問題，媽媽也問了我好幾年了，不過身為蕭大方最好的朋友，無論面對什麼情況，或者如何被旁人誤會，只要他還在櫃子裡面，我就不會告訴別人他的祕密。

所以，我的回答永遠都是：「沒有，我們是好朋友。」

「大方是個好孩子，我看他很喜歡妳，如果妳也沒有對象，為什麼不試著接受他呢？」媽媽的勸說讓我有點想笑。蕭大方啊，怎麼在他人看來，你是個追不到我的痴情男子？

「媽媽，正因為蕭大方是好男人，所以妳怎麼可以要我用試試看的心態和他交往呢？要是他真的喜歡我，而我和他試試看了，結果還是不行，那不是傷害他了嗎？」我義正詞嚴，「其他朋友不相信我和蕭大方的純友誼沒關係，但我希望媽媽可以明白，我和蕭大方之間永遠不會產生愛情，假如有一天我們結婚了……」

我深吸一口氣，「那就代表我們對愛情都失望了，寧願和一個能夠一起生活、互相陪伴的好朋友走一輩子，也不敢再談戀愛。」

媽媽似乎被我的認眞嚇到了，「可是即使彼此相愛，結婚之後愛情往往也會被消磨掉，最後變成就只是兩個人一起過日子。這樣的話，那和大方在一起也沒有不好，不是嗎？」

我不禁莞爾，夾起盤中的青菜，「是呀，愛情有什麼重要的，最後什麼都不會剩下，只有錢和物質是眞的。生活才更重要，對吧？」

我這番話沒有任何嘲諷媽媽的意思，她卻垂下了目光，顯然被我傷到了。我本想多說點什麼，例如「要是妳不是小三就不會有我」、或者「即便妳是小三也依然是我媽媽」、還是「丁香玲那八婆配我那個有錢的爛人爸爸正好」之類的，但這些話統統梗在我的喉頭。

也許這些都是媽媽想聽的，卻不是我眞正的想法。事實上，對我來說，上一代的恩怨糾葛已經無所謂了，我沒興趣去評論誰對誰錯，即便這樣的身分帶給小時候的我不少麻煩，不過都過去了，我在乎的只有現在與未來。

✦

輕音樂從音響流瀉而出，屬於書櫃的淡淡木頭味道，以及書本那難以形容的獨特香氣充斥在空氣中。

這裡是高雄某家連鎖書店內的小型空間，我坐在臺上，臺下擺了大約五十張椅子，主持人站在我的右側，一旁立著我的兩本書的大型封面看板。剛才進來時，我瞧見書店的店員自製了海報，上頭寫著「人氣驚悚作家——姬方　簽書會」幾個大字，於是還要求殷硯幫我和海報合照一張。

「今天大家都是第一次見到姬方老師本人吧？期待很久的讀者請舉手！」主持人也是由書店的店員擔當，她表現得十分稱職，事前功課做得很足夠，以不劇透的方式分享了她對兩本書的心得。

臺下的讀者們看起來大多是高中生，也有大學生，甚至國中生也不少，這令我相當訝異，畢竟我寫的故事算是兒童不宜。

「姬方老師出乎意料的是個大美人，我剛剛還以爲是哪位明星來了！」主持人說得誇張，底下的讀者們捧場地拍手。

我的心情微妙，明明坐在這裡，卻感覺像站在旁邊觀看一樣，一切都好不眞實。當我拿著簽字筆，在蝴蝶頁上簽下「姬」這個字時，忽然有點想哭。

我的姓氏是母姓，小時候我自然問過，爲什麼我的姓和媽媽一樣。這個姓氏如此特別，不可能是碰巧爸爸也同姓。

媽媽說，我不能跟爸爸姓，而由於我的姓氏非常少見，比較敏銳的人很容易就能聯想到我是姬雪的私生女，所以每當我要報出自己的名字時，都會下意識地感到緊張，深怕一說出口便會被認出，然後又上了新聞。

因此，如今能夠光明正大地寫出「姬」這個字，對我來說意義非凡，這也是我選擇讓筆名中包含這個字的原因。

「請妳繼續加油！只要妳繼續寫下去，我就會繼續看下去！」

「妳寫的書眞的好好看，我很喜歡妳！」

「我看得都起了雞皮疙瘩，妳好厲害，能寫出這樣的故事！」

「希望能快點看到新作品，但也請好好照顧身體。」

每一位讀者對我說的話、每一張看著我笑的臉，都是那麼溫暖。在這之前我們從沒見過面，要不是我寫了小說，我可能永遠不會認識這些人，也不可能有機會和他們接觸。

一切都是緣分。

若沒有過去的那些經歷，就不會誕生出這樣的緣分。

在簽書會的尾聲，我和讀者們拍了一張大合照。在相機後方，我瞧見殷硯帶笑的眼睛。

遇見他、與他重逢，也是難得的緣分。

當晚我們搭乘高鐵到臺中，住進了飯店，準備明天前往第二場簽書會的地點。

其他陪同的編輯忙了一天，加上吃飯時喝了酒，所以紛紛表示要回房間休息，而我發現天空中的月亮十分明亮，覺得才八點多就回房有點可惜，便問殷硯是否想與我一起去飯店附近的公園走走。

他的手指放在嘴唇前，似乎在思考，而後問我：「我有另一個想去的地方，妳應該也會更想去那裡。」

「哪裡？」我反問，接著因爲他的眼神意會過來，「我們離那裡很遠吧？」

他看了下手錶，「其實比妳想像中的近，平常車程大概四十分鐘，現在是晚上，說不定不用三十分鐘。」

我倒抽一口氣，抓住殷硯的衣角，「我要去！這些年來我一直想回去，但我找不到回去的路！」

見我如此激動，殷硯一笑，「妳是不是喝多了？反應這麼大。」

我摸上自己發熱的臉頰，「是喝得有點多，不過沒醉。我們快出發吧，才不會影響到明天的行程。」

「好。」他拿出手機，開啟叫車APP，「但我不是要帶妳去立丞家的別墅，這麼晚了，又沒先打招呼，那邊沒有人的，下次有機會再去。」

「那是要去……」

殷硯神祕地一笑。

計程車行駛在田野小路間，我的回憶逐漸湧現。我們抵達南投，雖然街景改變許多，我仍是對某些地方留有印象，例如轉角那間便利商店當時就有了，現在還擴大了規模。而那家電動玩具店當年是最熱門的場所，可如今鐵門拉下了一半，似乎快收攤了。

時間來到九點，街上冷冷清清的，卻別有一番風味。我懷念著這個當年也相當寧靜的小鎮，覺得心情十分平靜。

計程車在一條登山步道前停下，殷硯付了車資，我們一同下車。等計程車開走後，附近幾乎只剩下月光能夠照明，讓我回憶起好多年以前，在別墅庭院的那場烤肉會。

「這裡該不會是我們最後一次見面的地方吧？」

「沒錯，妳還記得？」殷硯輕笑。

「當然，雖然沒和你在學校裡一起上課過，但如果我們是同班同學，你肯定是那種品學兼優的好學生，所以那天發現你在電動玩具店，我挺驚訝的。」

有菸、有酒、有許多不良少年的店家，與殷硯很不搭調。

「我必須當個好學生、好兒子、好哥哥，才不會讓大家擔心，對吧。」即便光線不充足，看不清表情，我依然可以從殷硯的語氣聽出一絲無奈，這才意識到，家中有個久病的妹妹，對他這位哥哥來說是多沉重的壓力。

「我真心喜歡著心，只是偶爾會有點喘不過氣，想要拋開好哥哥、好兒子的包袱，稍微放鬆一下。」殷硯轉了過來，微微一笑，「所以，當時我是在最放鬆的狀態遇見被追逐的妳，那是我第一次為了妹妹以外的人如此拚命與膽顫心驚。」

這麼多年後，我彷彿終於能窺見年少的殷硯內心的一些些掙扎。

「我覺得你做得很好了，任何事情都是。」

跟在殷硯後面，我輕聲回應，他轉過身來想說些什麼，然而下一秒，我的腳一不小心踢到了路面的不平處，整個人絆倒，屁股著地，「好痛！」

「妳要看路啦。」殷硯笑著朝我伸手。

「看不到呀。」我讓他拉起來。

「打開手機的手電筒，跟著我走。」他鬆開我的手，轉身向前方走去，我跟著他的腳步，一邊哼著歌往山上爬。

夜風拂過，四周傳來沙沙聲響，我原以爲是樹葉摩擦的聲音，等來到當年的那片山坡上後，才發現四周全是芒草。夜晚的芒草原跟白天時很不一樣，彷彿裡面會偷偷跑出一個人來嚇我。

我將這個想法告訴殷硯，他哈哈大笑，「哪有女生會這樣想？一般不是應該說好浪漫，或是好漂亮，幫我拍張網美照之類的？」

「畢竟我是寫鬼故事的。」我點點自己的腦袋，把雙手放在欄杆上。

在臺北生活多年，我早已習慣城市在夜裡繁華的模樣，以及如碎鑽般閃閃發亮的夜景，但雖然南投的夜晚燈光稀疏，卻有種樸實的美。

世界上沒有任何地方，比得上記憶裡度過最珍貴時光的那個地方。

「我當年不告而別，殷心有哭嗎？」

「嗯，哭得很慘。」殷硯也靠在欄杆邊，「不過她最後說了，妳一定是不得已，才會這樣離開。然後又說我們一定還能再見面。」

「我們是再見了沒錯。」我扯了扯嘴角，「我眞的覺得一切好不可思議，時常會想起彼得老師當年所說的緣分。」

「我也常常想起妳說的命運之書，就是人生中所發生的每一件事，其實都是我們自己的選擇。」殷硯吐了一口氣，我聞到淡淡的酒味，「這些年來，每當我沮喪失意時，便會告訴自己，現在發生的壞事，都是投胎時我自己選擇遇見的。而既然我選擇遇見這些壞事，那就表示會有其他好事發生，又或者，還會有其他更壞的事，這已經是最好的了，我必須堅強。」

殷硯的話令我無比驚喜，沒想到我一直以來用以鼓勵自己的方式，也鼓勵了殷硯。

「所以我很感謝妳，當年心的事也要謝謝妳。即便有我和余潔在她身邊，可是對她來說，我們是她的哥哥姊姊。」他揚起笑意，「她不只一次說過，妳是她的朋友。」

我用力搖頭，抓住他的衣角，「我才要謝謝你，最感謝的就是那天你明明不清楚我到底爲什麼被追，還是無條件幫助我，帶著我逃跑。」

他不會知道，那件事對當時的我來說有多重要，他給了我一種可以無條件信任的安全感。

殷硯似乎有些不好意思，他忽然想到了什麼，拉起我的手往旁邊走去。

由於視線不佳，所以他握著我的手腕領路，並不是牽著我的手。

「妳記得當時，我在這棵大樹前祈求讓殷心身體健康嗎？」我們來到大樹前方，雖然沒有別墅後花園那棵高大，不過也足以稱作大樹了。

「我記得，我還問了你爲什麼要向樹祈禱，而不是去廟宇。」殷硯溫熱的手仍抓著我的手腕，我不自覺地握緊了手，動作輕微，不讓他發現我的緊張以及在意。

眞是奇怪，明明蕭大方也時不時會碰觸我的身體，就算他喜歡的是男生，但他的外型也不錯，爲什麼他的碰觸不曾令我緊張？

反倒是殷硯，我認識他比認識蕭大方還來得早，照理說更應該感到熟悉，而且他沒有眞的牽我的手，這樣的行爲並未超出友誼的範疇，可此刻我的心臟卻跳動劇烈，感受到一種從來沒有過的情緒不斷滋長。

「因爲殷心喜歡樹。」他的手指滑到我的掌心，我的心跳像是停止了。很快，我發現他的手正在微微顫抖，「心以前曾說，如果有一天她死了，下輩子想要當一棵樹。樹在某處扎根以後，就不會離開，成長茁壯後能夠承受風吹雨打，這樣就可以換她來保護我和爸媽，不受日晒雨淋。」

或許是酒精的影響，又或許是殷硯終於坦率地在我面前掉下了眼淚，也或許是周遭芒草搖曳的景象，和十幾年前的那個午後重疊了。

穿著T恤的白皙少年瞇眼對我笑著，他臉上的汗珠是因爲剛才拉著我跑過大街小巷而流下的。

氣氛太過美好，於是我才會湊上他的唇，給了他一個吻。

這大概無關愛情，只是回憶湧現的副作用罷了。

✦

「妳本人好漂亮，沒想到寫鬼故事的作者會是這麼漂亮的女生！」

「有沒有人說過妳長得有點像樓有葳？」

「請妳繼續加油！」

「請問可以對我說『考試加油』嗎？」

臺中場的簽書會也進行得很順利，來參加的讀者同樣大多是學生。

「雖然確實可能是妳的讀者主要爲學生，但也可能是學生比較願意來參與這類活動。」簽書會結束後，我們再度搭上高鐵，路途中殷硯這麼說。

「是呀。」坐在另一邊的女編輯附和，「姬方老師，妳有自己的粉絲專頁嗎？」

「沒有耶，是不是該創立一個？」

「是呀！這年頭很注重和讀者保持互動的，而且妳都已經出版了兩本書，正巧第三本書快出版了，就在這之前創立吧。」女編輯提議，並表示到時候出書，出版社的粉絲頁也好標記我的粉絲專頁，幫忙宣傳。

「還可以順便申請IG帳號，最近不少年輕人轉戰IG了。」殷硯說完，點開一封電子郵件裡的圖片給我看，「我正好收到下本書的封面草圖，妳看看。」

我忍不住叫了一聲，負責畫封面的繪者居然是蕭大方，他怎麼都沒跟我說？

「難怪最近去他家時，他都神神祕祕的，不讓我看他在畫什麼，原來是我的書的封面！」我靠向殷硯，只見不僅構圖美麗，人物的線條也細緻無比，用色更是恰到好處，「眞的好漂……」

我抬頭，對上了殷硯的眼睛，這才驚覺我們靠得太近了。

我趕緊往旁邊一退，裝沒事地咳了聲，「我現在就來創立粉絲專頁好了，妳教我怎麼弄……」

「喔，很簡單呀，來。」女編輯熱情地開始指導我，我的思緒卻飄回昨晚。

衝動一吻之後，我馬上後悔了，後悔的不是親了殷硯，而是我幹麼做出這種會破壞友誼的行爲。

於是我低下頭，不敢看他，殷硯則沒有動作。我慌忙轉過身，「走、走吧，我們該回去了！」

「等等。」沒想到殷硯拉住我的手，「不把這件事情講清楚，我們會無法好好工作的。」

對啊！我這個笨蛋，居然挑在隔天還有簽書會的時候，做了這麼愚蠢的行爲。即便是氣氛使然，我也不該像高中男生一樣，直接就這麼親下去吧。

最荒謬的是，這還是我的初吻。

我深吸一口氣，回身看著他，尷尬地笑，「那個……我是不小心的……你不要介意。」

天啊，我在說什麼？什麼不小心的，什麼不要介意！

如果我是男生，還不被人打一巴掌然後罵渣男嗎？

見我如此緊張又語無倫次，殷硯笑了聲，抓著我的手腕的手，再次滑到我的掌心，「謝謝妳。」

我聽錯了嗎？他跟我道謝？

道謝什麼？謝我親他？

「我最近心情很不好，應該說，這些年來都是如此。能和妳重逢，是我這段日子以來最開心的一件事了。」

我注視著他，淚水殘留在他的睫毛上，在月光的照耀下，彷彿在發亮一般。

「所以剛才那個吻，我就當作是一種打氣，可以吧？」

打氣？誰會用這種方式打氣？這是性騷擾吧。

然而我也想不出更恰當的理由，其實我連自己爲什麼會這麼做都搞不清楚。我想歸咎於酒精，但我很明白，我喝的酒根本沒有多到足以讓我失去理智。

好吧，就當成是打氣好了。

小時候我們也常有肢體接觸，所以親一下打打氣，應該還說得通……才怪。

可是我還能怎麼想？還能怎麼解釋那個吻？

不是出於愛情，也不只是出於友情。

「嗯，就是打氣！」所以我只能佯裝輕鬆地一笑，回握住他的手。

那晚下山的路途中，我們都靜靜地沒有說話，在手機燈光照射著的山徑上，有我們交握著手的影子。

✦

「真的假的？」蕭大方將臉埋在枕頭裡，悶聲問我，語氣是掩藏不住的興奮，「你們接吻了？」

他得埋在枕頭之中，尖叫聲才不會吵到鄰居。

「就只是一個打氣的吻。」

「打妳個頭啦！天啊，這也太浪漫了吧，始終沒有談戀愛的姬品珈，遇見了小時候的玩伴，對方還命中注定一般正好是妳的責編，根本事業愛情兩得意了啊！」

「別亂講！」我紅起臉，「我們後來也沒有怎樣，就很平常地相處，況且我不覺得自己喜歡他……」

「好啦，沒關係，慢慢來。」蕭大方嘿嘿笑著，「雖然這麼說，但你們都接吻了，進度大超前耶！」

「別鬧了……」

蕭大方沒理會我，而是看著自己的手機，眉開眼笑地回覆訊息。

「誰啊？」我好奇地湊過去，他卻閃開，這讓我疑惑了，過去蕭大方從來不介意我看他的手機螢幕，「誰？」

「高立丞啦，我們這個週末約好要去看電影。」

「是喔，你們變得很要好呢。眞是太好了，除了我和白書安以外，你又有其他可以信任的朋友了。」我由衷地說，拿起一旁的漫畫隨意翻了翻，「還有，你這次幫我畫的書封超美的，怎麼隱瞞這麼久都不跟我講？」

「那是一個大驚喜啊，是不是很棒？」蕭大方得意地表示，我注意到他似乎有點不一樣。

「你剪頭髮了？而且眉毛也……哇塞，騷包，你去霧眉？」

「好看嗎？我想說這樣比較有精神。」

「蕭大方，雖然你平常就滿會打扮自己的，但居然去霧眉……」

「這還好吧！爲什麼妳們女生可以做，我們男生就不行？」

「我又沒有說不行，只是你這樣好像談戀愛了一樣，極力讓自己的外型更完美……」我其實只是開玩笑，蕭大方卻紅了臉，我的笑頓時僵在嘴邊。

「沒、沒有啦，談什麼戀愛……」蕭大方想反駁，可是他的臉完全出賣他了，紅成這個樣子，還以爲是剛被火烤過。

我抓著蕭大方的肩膀，然後用力抱住他，「眞是太好了，恭喜你！是哪個男人這麼幸運，被你喜歡上？」

雖然看不見蕭大方的表情，但是感覺到他的身子逐漸放鬆，我知道他現在臉上一定露出了好看的笑容。

「其實我原本沒打算這麼快告訴妳的。」他回擁住我，「不過妳是我最親近的好朋友，我也只打算告訴妳。」

「太好了，這一次我終於贏白書安了嗎？」我打趣地說，鬆開了手，改爲握緊他的雙手，注視著他漂亮的眼睛。

「但妳要發誓絕對不會告訴任何人，除非他主動跟妳說，否則妳也不能去問他本人。」蕭大方說得異常認眞，我歪了歪頭。難道對方是我認識的人？

他深吸一口氣，再吐氣，雙手微微發顫，「我和高立丞在交往。」

這下子，換我需要用枕頭摀住自己的嘴巴了，否則我的尖叫聲絕對會驚動左鄰右舍。

第八章

我的人生是不是停留在第四章很久了？

因爲到了這邊，我已經不曉得該如何再區分了。

無論是蕭大方和高立丞交往這件事，又或者是我和殷硯陷入曖昧不明的關係，對我來說，都是人生中極大的變化。

對於蕭大方交到生平第一個男朋友，我無疑是喜悅的，不過同時也十分訝異，畢竟這麼多年來，我們都不知道高立丞的眞實性向。

蕭大方說，他在燒烤店第一次看見高立丞的那天，他們兩個就瞬間明白對方是同個圈子的人，他們之所以熟識得那麼快，這也是很重要的原因之一。

雖然，他們原本只是想做朋友，並沒有料到彼此會發展出感情。

據蕭大方所說，高立丞去美國留學時，接觸了當地開放的文化，再加上離開了家，有了許多機會獨處，於是終於能夠好好思考自己的狀況。

他在美國看了心理醫生，這才明白年幼時期的暴食症源自於心理壓力，因爲其實他當時就隱約意識到自己與其他人不同了。

只是後來殷心離世，高立丞的心思全被失去好友的悲痛占據，直到高中，他才眞正發覺自己對女性毫無興趣。就算看色情影片，他的注意力也都放在男性身上，導致他那段時間非常痛苦。

不過去了美國後，他接受了自己，並且改頭換面地回到臺灣，一回來便和我重逢，又因爲我而認識了蕭大方，這一切簡直美好至極。

「既然如此，爲什麼他不告訴大家這件事？我們都會爲他開心的，也會爲你開心。」我誠摯地說。

蕭大方苦笑，「品珈，妳很清楚我家的狀況，我沒有勇氣承認。」

「嗯……那至少，在我們面前，你們可以做自己啊。」

「妳知道高立丞家非常有錢，經營著龐大的企業吧？妳也知道，那種家族的長輩，觀念會有多守舊吧？」蕭大方嘆氣，「是比我爸媽還要食古不化的程度。」

「這……也許眞的會很辛苦，可是我相信……」

「相信有愛就能戰勝一切？」蕭大方將臉埋到掌心之中，「可是，我們最怕的就是面對從小看著你長大、全心愛著你、你也愛著他的家人，對你流露出失望還有排斥的表情，哪怕只有一絲絲。」

我的心一陣抽痛，趕緊伸手抱住他。

「高立丞說，他在美國那段時間，忘記了臺灣的環境，忘記了他爸媽是什麼個性，所以回來後，他原本打算不經意地向父母出櫃，於是隨意詢問了父母對同性婚姻的看法。」

而高立丞的父母給予的答案是——「我對同性婚姻沒有意見，不過我的孩子不可以是同性戀」。

「他們以爲這麼說就是贊同，但其實根本和反對沒兩樣，而且那種態度就像施捨似的。我們只是希望，無論我們做了什麼，無論我們有沒有成長爲父母所期望的樣子，他們都還是能無條件地接受我們、愛我們。」

蕭大方的話讓我不禁哽咽，我收緊了手，深怕他眼眶中盈滿的淚水掉下來。

「沒關係的，沒關係的。我們還很年輕，社會風氣將怎麼改變也說不準。」我輕拍著他的背，「無論如何，我都會站在你這邊。然後無論如何，你和高立丞也都要站在彼此身邊。」

「謝謝妳，品珈。」他同樣緊緊抱著我，「我上輩子是燒了什麼好香，才會遇見妳？」

大概是你投胎時選擇的命運之書裡寫著，你會經歷艱辛的愛情，卻能夠擁有良好的事業發展，以及我這位無條件支持你的好友吧。

我在心裡回答。

臺北場的簽書會在公館的某家書店舉辦，和前兩場最大的不同是人數多了兩倍以上，而且因為臨時安排了有獎徵答活動，導致簽書會整整超時了一個小時。幸好店方非但沒有催促我們，活動尾聲還幫忙引導讀者離場，相當貼心。

由於有太多讀者在外頭等候我走出書店，所以編輯們決定聲東擊西，讓一個身形與我相似的女編輯和我交換外套，並在另一位工作人員的帶領下離開，幾個讀者見狀果然立刻跟了上去。

而我和殷硯則裝成書店裡的客人，躲在一個沒什麼人的角落，準備等人潮散去再走。

我將臉埋在植物圖鑑裡，忍不住偷笑。

「笑什麼？」殷硯正眼觀八方，留意有沒有漏網之魚認出我。

「只是覺得好像明星。」

「明星？哈哈，妳居然自己說。」他笑了起來，眼底也充滿笑意，我發現他的睫毛很長。

我有些害羞，將視線再次轉回圖鑑上，不久殷硯接到來電，得知我們差不多可以離開了。

步出書店時已是晚上，我們經過夜市，周遭都是來逛街的年輕人，喧騰的氣氛讓我的情緒高昂起來，看什麼都覺得有趣。這裡離我住的地方遠，搬到臺北後就來過幾次而已，所以我興起了邀殷硯一起逛逛的念頭。才轉過頭，卻發現他也正看著我，然後指指旁邊的平價牛排店，「難得來這了，要不要一起去吃飯？」

「我們心有靈犀。」我彈指。

仔細想想，除了蕭大方跟白書安，我雖然也曾和其他男生單獨吃飯，不過都不太愉快。一直以來，跟我最親近的男人也就是蕭大方跟白書安，而這兩個人都不可能成爲戀愛對象。

那殷硯呢？

身爲兒時玩伴的他，和蕭大方和白書安又不同。我們之間空白了十年，卻在重逢後，因爲這層關係迅速拉近距離。

如果殷硯只是一位普通的編輯，簽書會結束後，我會這樣與他一塊用餐嗎？若對方是女性的話可能會，但若是男性，我大概會避免。

我咬著下唇，思考著蕭大方之前說的話。

「看得這麼認眞，妳決定好了嗎？」殷硯忽然問我，我這才注意到自己已經盯著菜單好一陣子了，然而我根本沒把心思放在上面。

「嗯……每一道看起來都很好吃，所以我在猶豫。」情急之下，我編了個藉口。

「不然妳點其中一道想吃的，我點另一道妳也有興趣的，我們分著吃，就不用猶豫了。」殷硯說完，喚來了服務生。

當餐點送上後，他眞的分了一半給我，所以我也把我的分一半給他。

在交談之中，我依舊緊張，卻挺喜歡這樣的相處氣氛。吃完牛排後，我們彷彿食慾大開，又去排隊買了珍珠奶茶，並吃了臭豆腐，途中殷硯被辣椒嗆到猛咳嗽，整個漲紅了臉，還溼了眼眶。

我笑個不停，拿出手帕給他，殷硯接過手帕時愣了下，揚起溫柔的微笑。

「怎麼了？」我絲毫沒察覺不對。

「這條手帕很眼熟。」他將藍色手帕按在自己的眼角邊，「我記得好久好久以前，我曾經借給一個女孩，而後她就消失了整整十多年。」

我頓時也笑了，「對，這是你借給我的手帕。這些年我總是想著，如果見到你的話要還給你，所以每天都帶在身上，帶著久了，就以爲是我自己的了。」

殷硯擦掉眼淚與汗水後，便把手帕收回他的口袋，令我有些捨不得。雖然那不是我的，不過畢竟十幾年來都在我身邊。

「我買一條新的還你吧？」

「沒關係，我覺得這樣挺好的，舊有的事物都回歸了。」他從另一邊的口袋裡拿出一條深藍色手帕，「我用這條新的和妳交換吧。」

「咦？」我掩住嘴，「不好啦，怎麼能又拿你的手帕？」

而且即便我沒談過戀愛，也知道交換手帕這種行爲過於曖昧。

「這條是剛買的。」殷硯的手並沒有收回去，說實話，我也不想再推辭。所以我接過手帕，還放在鼻子前聞了一下，輕輕一笑。

「爲什麼要聞？」

「有種屬於小寶的味道。」

「小寶的味道？小寶不就是我嗎，有什麼味道？」

「就是一種……」我閉上眼睛，回想著記憶中的小寶。

他總是穿著簡單的T恤，有時搭配黑色七分褲，有時則是牛仔褲。小寶明明和我同年，卻顯得特別成熟，除了因爲有個體弱多病的妹妹殷心，促使他早熟以外，我想大概也是因爲當時很少有比我還高的男生，這更讓我覺得他與眾不同。

他總是溫柔又神祕地笑著，好看的臉龐上從未有過一絲不耐，我記得他帶著我穿梭在巷弄間大汗淋漓的模樣，也記得他跪在大樹前祈求的模樣。

然後，少年小寶逐漸與殷硯的身影重疊，那頭亂髮和微笑都沒變，神情認真中帶著一絲慵懶。

他那褐色的眼睛裡從來沒有過純真，想著年輕時的殷硯，寂寞的感覺便湧上我的心頭。我睜開眼，對上殷硯在夜裡越發攝人魂魄的雙眼，感覺彷彿回到在小山坡的那一晚，想靠近他的衝動再次湧現。

「小寶呀……會令人忍不住想抱緊他，說聲『辛苦了』。他的身上常常有陽光與青草的味道，當他牽著小怕的手走在路上時，就像帶著什麼稀世珍寶一般小心翼翼。而殷硯呀……他認眞努力、親切溫柔，永遠面帶笑容。」我望進殷硯的眼底，卻望不進他的心，因此發現了其中的違和之處，「可是他好像冰封了自己的心。」

我的話讓殷硯怔住了，他嘴角的弧度變得僵硬，張口想說些什麼，但什麼也沒有說出口，最後輕輕嘆了一聲，「爲什麼？」

「因爲你從來沒有抱怨過。」

以前殷硯要維持好哥哥的模樣，因爲要照顧殷心，他不能垮掉。

可人活在這世上，怎麼可能都沒有想埋怨的事？

無論是工作還是私人生活，我幾乎不了解殷硯的一切，連他住在哪裡都不清楚。他總是笑著，有條不紊地處理好所有事情，但他又不是機器人，怎麼可能如此完美？

除了第一次見面那天在靈骨塔看見他眼眶泛紅，以及上回在小山坡他掉了眼淚以外，他始終將自己武裝得十分完美。

「當然，我不是說你一定得哭，只是如果你能多抱怨一點就好了。」我指了指前方的臺大校園，「既然我們吃得飽飽的，不如去走一走，順便聊聊天？」

「聊些什麼呢？」殷硯跟在我後頭。

我轉過身看他，將髮絲勾到耳後，轉了轉眼珠，「你問我答？」

只有我跟他的對談，和有高立丞與余潔在場的閒聊，是不一樣的。

「好啊。」殷硯同意了。他朝我走過來，而我不禁莞爾。

臺大校園占地廣闊，這還是我第一次踏入。即便在夜晚，四周仍多的是來往的學生與過客，我們走在椰林大道上，彷彿回到了大學時代。

我說起羊子青大一時的恐怖遭遇，以及我和蕭大方的緣分是如何開始，沒想到殷硯皺了眉頭，「我倒是挺贊同余潔說的，妳和蕭大方這麼要好，卻只是純友誼？」

「是呀，我們絕對不會有其他可能。」我堅定地說。想到蕭大方和高立丞的事情，我原本有點想試探殷硯是否知道高立丞的性向，不過思考了下還是決定別節外生枝，讓他們兩個先好好談戀愛。

「有時候，好朋友之間不是會約定，到了某個年齡時，如果雙方都沒有對象就結婚嗎？」殷硯說笑似的提起，我頓時一驚，「看妳這個反應，難道蕭大方有這樣跟妳約定？」

「算是有啦。」我歪頭。氣溫合宜，晚風徐徐，讓我的心情好上加好，「但比較類似老了之後彼此照應，一起住養老院的意思。」

「妳這麼沒信心遇見可以交往的人？」殷硯笑道。

「也不是，就像買了保險不見得就會生病，只是保險起見呀。」

「妳確定他眞的沒有喜歡妳？說不定那只是個想和妳在一起的藉口。」

我無法告訴殷硯事實，所以只能停下腳步，認眞看著他說：「他對我來說很重要，我對他來說很重要，可是這種重要無關愛情。就像你也會無條件站在余潔那邊，卻不是因爲愛情一樣，對吧？」

「這個比喻很好，我同意。」殷硯走上前，指了個方向，「我知道那邊有個景點，去看看吧。」

我跟著他離開椰林大道，轉往另一條路徑。

「不過我還是認爲，蕭大方對妳有其他情感。或許不是愛情，卻也接近愛情。」

「哈哈哈，如果有一天，我和蕭大方眞的結婚了，那我們可能都對愛情失望了。」

殷硯忽然停下腳步，導致我整個人撞上他。

「抱歉。」他伸手扶我，然後放在我肩膀上的手就沒有離開了。

「從以前到現在，我都不是習慣抱怨的人，除了本身個性使然，也是因爲殷心。要是連我都出狀況，我爸媽的負擔只會更重。況且，我認爲很多事情本來就該自己面對與承受。」他的眼底有著淺淺笑意，「我說過，我時常想到妳所說的命運之書，這個理論的確給了我很大的救贖，所以其實……我已經不再覺得身上有重擔了。」

凝視著他，感受著他的體溫從放在我肩上的那隻手傳來，我感覺自己似乎就要卸下他的武裝，「那你爲什麼看起來……還是如此心事重重？」

「妳有沒有過那種，即使身邊有人，卻依然感到寂寞的時刻？」殷硯說。那雙褐色的眼珠子，此刻有如變成了墨沉的黑。

「你覺得寂寞嗎？」

「還覺得自己沒用，又認爲這樣想的自己很卑鄙。」

「怎麼會卑鄙呢？」

「因爲如果覺得自己沒用，應該做的是努力往上爬，而不是自怨自艾，可我就是無法停止負面思考。」

我雙手覆上他的臉頰兩側，認眞地說：「誰說一定要很有用的？而且你已經做得很好了！」

「是嗎？」他扯出一個微笑，顯然並未把我的稱讚放在心上。

我使勁壓他的臉頰，接著上下揉捏，逼他看我，「誰說一定要很有用？誰說我們能做的只有不斷努力往上爬？你爬山的時候累了，難道不會休息嗎？『休息是爲了走更長遠的路』，這句話不是每個人都學過嗎？爲什麼成爲大人以後，大家卻都不給自己休息的時間呢？」

「因爲我怕追不上。」他的眼神黯淡。

「追不上誰？」

「任何人。」

他的內心，想必有什麼無法塡補的空缺。

可是，誰的心裡沒有缺憾？又是誰說那些缺口一定要塡滿？

我們每天走的馬路也並非完全平坦，還不是能好好走著？

「殷硯，走路的時候，要是一直看著前面，會錯過路上的許多風景，而一個人走得太快，也容易跌倒。」我的手離開他的臉龐，將他搭在我肩上的手拉下來，放在我的掌心，接著我邁步，領著他前行，「你看，像我們這樣並肩走著，配合彼此的腳步……喏，小心，那邊有一個凹洞。」

殷硯朝我指的方向看去，只見地面的石磚裂了一個大縫。

「我們可以共同欣賞周圍的景色，也可以提醒彼此注意路上的阻礙，就像你也曾在漆黑的山頭爲我照亮眼前的路一樣。無論腳步是快是慢，重點是別埋頭趕路，能找個人一起走就更好了。」

忽然，我感受到他回握了我的手。四周太黑，我看不清楚殷硯的表情，不過我猜得到，他此刻想必又笑了起來。

「我帶妳去一個地方吧。」他拉著我往前走，腳步雖快，但不至於跟不上，期間他也會不時稍稍停下來，且握著我的手始終沒有鬆開。

宛如柳暗花明，這條路的盡頭是美麗的醉月湖，湖岸邊有三三兩兩的行人，而殷硯拉著我來到一張長椅前，要我一起坐下。

「這裡好漂亮。對了，殷硯，你大學念哪所學校？」

「南大。」

我大感意外，「我們離得這麼近？我和南大的人聯誼過呢。」我說了自己是洛大畢業。

「我去過洛大的園遊會，我們居然沒有遇到。」殷硯也訝異。

「看樣子，大概真的是殷心希望我們四個人可以同時見面，才會選在高立丞回臺灣之後讓我們相遇。」

湖面平靜得沒有一絲漣漪，微風也輕得像是羽毛拂過，我抬頭看向天上的月亮，要殷硯也一同欣賞。

在臺北能有這樣遼闊的視野，可是機會難得。

此刻氣氛十分美好，我們兩人坐在這靜靜望著夜空，彷彿有種特別的默契。

這瞬間，在我心中不斷滋長的情感忽然明朗了。我一直以來都懷念著過往，想念著小寶、小怕、小潔、小胖；如今，長大後的他們出現在我面前，變成了殷硯、殷心、余潔、高立丞。

可是，只有一個人特別與眾不同。

「殷硯。」我握住他的手，他的身子微微一顫，「以後你如果有想抱怨的事，無論是多小的事，例如上班遲到，或是搭錯公車，還是被老闆罵，我都很願意聽你說，適時抱怨有益身心健康。」

「哈，就怕到時妳覺得煩。」他沒有回握我的手，卻放鬆了下來，「我盡量，盡量不把一切當作是本該遭遇的挫折，而都往心裡放。」

「是呀。」我握緊他的手，「然後，我喜歡你。」

✦

「生日快樂！」

我的頭頂上方突然迸出拉炮聲，我嚇了一大跳，摀住耳朵驚呼。

「嘿嘿嘿，妳幾歲了呀？」高立丞得意地笑，我伸手打了他一下。

「二十七歲！我們的年紀不是差不多嗎？你眞的要嚇死我了！」

「好啦，快點許願。」羊子青和余潔催促，奶油蛋糕上問號造型的蠟燭已經被點燃。

「你們等一下。阿姨！快點，品珈要許願了！」蕭大方朝廚房喊，並跑進去幫媽媽端了幾道菜和飲料出來。

「你們這些人，都不幫忙一下。」練育澄跟在媽媽身後，手裡端著一大鍋湯。

「我今天是壽星呢。」我理直氣壯。

「對，壽星最大。」殷硯笑著，讓出了位子，「阿姨，妳坐這邊吧。」

「好好好，謝謝你們，沒想到品珈都二十七歲了，才邀請朋友來家裡過生日……」媽媽這番話似乎隱隱帶著歉疚，畢竟我童年時得躲躲藏藏的，當然不可能和朋友一起過生日。但過去的事無法改變，至少我目前的生活沒有什麼不好。

「好，那我要許願了！」我雙手合十。

「不要許什麼希望大家身體健康這種陳腔濫調喔。」蕭大方提醒，我有點不以爲然，不過還是從善如流。

「那，我希望我的小說大賣。」

「很實際，而且的確成眞了。」殷硯同意地點點頭，其他人都鼓掌起來。

「第二個，希望我愛的人都能幸福。」我瞪了蕭大方一眼，「這不算陳腔濫調吧？」

他擺擺手，「好啦，接受。」

高立丞和蕭大方刻意各站一邊，在大家面前，他們維持著普通朋友的表象，只是偶爾會互看一眼，然後偷笑，彷彿學生時期偷偷談戀愛，要避免被老師發現似的。

「那第三個願望……」我閉起眼睛，腦海中浮現殷硯的面容。我希望他如我所想的一樣，也喜歡著我……應該說，我希望能和他在一起，長長久久。

然後我張開眼睛，站在斜前方的殷硯對著我笑，我吹熄了蠟燭。

「再一次！生日快樂！」高立丞手裡不知何時多了噴射彩帶，忽然就朝我身上亂噴，所有人又叫又笑的，這哪裡像一個二十七歲的人的生日會？

照理說不是應該在高雅的餐廳與情人度過，或是在熱鬧的美式餐廳和大家一同喝酒慶祝嗎？怎麼會是跟小孩子一樣，在壽星家聚會？甚至連我媽媽都在場。

「對了，阿姨，我可以跟妳合照嗎？」高立丞提出要求，並慎重發誓，「我保證只是收藏，絕對不會給別人看，也不會傳到網路上！」

見他如此認真，媽媽笑了起來，「已經過了這麼久，我想大家也不記得我了。現在的世界步調那麼快，舊有的人事物很容易被遺忘。」

說完，她張開手，歡迎高立丞的合照。

我注視著媽媽的面容，淡淡一笑。過了這麼多年，或許她也稍微走出來了一些。如今即便我的臉出現在電視上，被報導就是姬雪當年的私生女，也無法對我造成衝擊與影響了，說不定還能拉抬我的小說銷量呢。

頓時我有些感慨，以前曾經那麼在意的事，如今卻能雲淡風輕地笑看。

所以，眞的沒有什麼是過不去的，隨著時間流逝、環境改變，心態也往往會不同。

我將蛋糕分給每個人，羊子青和練育澄這對工作狂情侶邊吃邊確認工作進度，還討論著配音公司的業務。這時我有點慶幸今天白書安有事無法前來了，否則見了練育澄，他還不纏著他問樓有葳的情報嗎？

而蕭大方和高立丞站在另一頭，討論著遊戲內容，余潔拿了兩杯飲料過去，也加入他們的話題，看樣子似乎時常和他們組隊玩遊戲。

我端了一塊蛋糕給媽媽，她欣慰地看著我微笑。為了避免她說出什麼太過感性的話，或是提出令我尷尬的問題，於是我轉頭問殷硯蛋糕好不好吃。

「當然好吃，這可是我買的。」殷硯挑起蛋糕上的草莓，「妳要吃嗎？」

「好啊。」我遞出盤子要讓他放上來，殷硯卻惡作劇似的將草莓放到我嘴邊。

「欸，不要啦！」我低聲說，左右張望，雖然其他人沒在注意我們，可是……

「妳不快一點，大家反而就會看到嘍。」他也用氣音說話。

「怎麼現在才發現你其實很壞心？」

「是妳要我做自己的。」他聳聳肩，又把草莓湊過來，我趕緊張嘴咬下，「怎樣，好吃嗎？」

「好甜！」我瞇眼笑了。

「話說回來，有件事情差點忘記宣布！」蕭大方忽然高喊，我嚇了一跳，以為被他看見了。

「怎麼了？」羊子青問。

蕭大方來到桌邊，把手上的飲料和盤子放下來，咳了一聲後說：「前陣子，我參加了日本舉辦的一場繪畫比賽，然後得獎了。就是這樣，請大家恭喜我吧！」

「講得那麼輕描淡寫？這是很厲害的事吧！」我衝上去抱住他，「恭喜你！」

「謝謝妳，也謝謝大家！」蕭大方一手環在我的腰際，帶著我原地轉了一圈，並抬起另一隻手朝其他人做出敬禮的動作。

「唉唷，事業很得意，那愛情呢？」這句調侃來自羊子青，她一副八卦的樣子，目光在我和蕭大方臉上來回打轉。

「妳不要無聊了。」練育澄捏著羊子青的臉頰，「恭喜你了，大方。」

「好痛！」羊子青哀號，「但是講眞的，都這麼久了，你們還不承認在一起？」

我克制著不去看高立丞或殷硯的表情，蕭大方也和我一樣，我們都沒有看自己眞正的對象。

他鬆開放在我腰上的手，「結婚那天一定通知妳，好嗎？」

以前蕭大方從來不會開這樣的玩笑，所以聽他這麼說，我原本想要大笑，可是捕捉到他眼中的那絲落寞後，我頓時一愣。

趁羊子青對蕭大方激動地嚷嚷時，我回頭瞥了眼高立丞。他的神情複雜，像是愧疚，又帶著不悅，生悶氣似的默默低頭吃蛋糕。

他們之間怎麼了？不是交往得好好的嗎？

無奈現在這個狀況我沒法多問，結果這件事就懸在我的心頭，直到生日會結束。

我送大家到樓下，高立丞和蕭大方率先離開，余潔則是搭練育澄他們的便車回去。

臨走前，羊子青滿臉期盼對我說：「蕭大方終於想承認了呀，太好了，我期待見到妳穿上婚紗的那天。」

「妳真的很三八。」我捏捏她的臉頰，她笑了笑，上了副駕駛座。

「生日快樂呀，不得不說，妳媽媽還是很漂亮。」在後座的余潔搖下車窗。

「殷硯，真的不需要我順便送你嗎？」練育澄從駕駛座探出頭。

「眞的不用，我家離這滿近的。你們回去小心。」

「謝謝你們今天過來，下次見啦。」我對他們招手，殷硯也與他們道別。

車子開遠後，殷硯雙手插在口袋，低頭看我。

「妳在想什麼？」

「沒什麼。」我聳肩，畢竟蕭大方和高立丞的事不能與他討論。

「嗯……妳今天開心嗎？」

「開心呀！蛋糕好好吃，而且大家都來祝福我，我覺得很高興。」我發自內心地說。

「這樣就夠了嗎？」

「對呀，這樣就夠了。」我轉轉眼珠子，突然異想天開，笑了起來，「難道出版社要幫我辦一個跟讀者共度的生日會？」

「這不太可能。」殷硯乾脆地駁回，「但是我可以單獨和妳繼續生日會，妳願意嗎？」

我瞪大眼睛，抓住他的手臂猛點頭。

「當然願意。」

他牽住我的手，露出寵溺的微笑，接著從口袋裡拿出一條銀色手鍊。

「妳的生日禮物。」

「什麼？你買了禮物給我？」我簡直不敢相信。

「當然。」他拉起我的手，幫我戴上那條手鍊，「生日快樂。」

「謝謝你。」我感動得快哭了，忍不住撲進他的懷中。

而他輕笑著，也回擁了我。

「謝什麼。」他的氣息在我耳邊，「話說……蕭大方那句話是什麼意思？」

那句話？哪句？

我滿心疑惑，飛快地回想，終於意會過來，「啊，結婚那句話？他開玩笑的啦。」我說，高立丞微妙的表情卻再次浮現在腦海。

「也許他不是開玩笑的，不是都說，玩笑通常有一半是認眞的嗎？」殷硯的手撥弄著我的髮絲，隨後輕輕撫過我的臉龐，「也許他是認眞的喔。」

「他不是認眞的。」我的語氣堅定。

話說回來，他們眞的都沒察覺高立丞和蕭大方的眞正性向？

「我不喜歡他那樣。」殷硯的話讓我的心臟彷彿要爆炸了。

「你在吃醋？」我從他懷中抬起頭，端詳著他的表情。

「才不是呢。」他扯了下嘴角，「妳說我什麼事都可以跟妳講的。」

「是呀，所以我很高興。」我往他懷裡鑽呀鑽的，笑得合不攏嘴，「我覺得好幸福。」

殷硯輕輕一笑，「是嗎……」

他的手又摸上我的臉頰，在我的頰邊落下一吻，「快點回屋裡吧，天氣涼了。」

「只有臉頰嗎？今天我生日呢。」

「那不然妳想？」他似乎想逗我，而我噘起嘴，點了兩下嘴唇。

自從那天晚上後，我們就沒有再接吻過。

「這樣不好。」他說，但我不明白哪裡不好了。

我閉上眼睛等待他的親吻，殷硯卻遲遲沒有動作。不過我決定，在他靠過來之前，我抓著他的手不會放，雙眼也不會睜開。

他大概有些困擾吧，然而他的氣息仍逐漸靠近，分別在我的鼻尖、臉頰、額頭落下一個吻。

最後過了一會兒，他才貼向我的唇。

「嘿嘿。」我張開眼睛，只見他的臉略微發紅，眼底深處卻流露出焦慮和不安。

當他與我在一起時，偶爾也會露出那樣的神情。

我不清楚他的心中還有什麼陰暗，或者在不安什麼，但我想等他自己和我分享他的感受，所以只是緊緊抱住他。

當我回到家時，媽媽已經把客廳收拾得差不多了，我過去幫忙，而媽媽打量了我一下，問道：「那手鍊哪來的？」

她的眼睛也太尖了吧？我乾乾笑了兩聲，繼續收盤子。

「我本來以為妳和大方終究會在一起，可是看樣子，是那個殷硯呀。」

我差點把手裡的盤子打破，驚訝地轉頭看媽媽，只見她露出猶如洞悉一切的笑，伸手拍拍我的頭，「殷硯看起來很不錯呀。」

「他不是我的男朋友啦。」這句話我自己都說得心虛。

那天我告白之後，殷硯並不顯得訝異，可是他沉默了好一陣，才說了句：「我知道了。」

後來，就沒有下文了。

我們依舊一起工作、一起討論小說劇情，當我上班的時候，他偶爾還會請快遞送來慰勞品。

假日，我們會一起看電影、一起逛街，走在路上時，我會牽住他的手，通常他會皺眉，但不會拒絕。有時他會主動攬住我的肩膀，雖然也僅此而已。

我感受得到殷硯對我的情感，至少我不是一廂情願。即使我們誰也沒明說要交往，不過我已經告白了，而他依舊和我見面、與我共處，甚至送我禮物……那麼口頭的承諾也許便不是那麼需要在意。

「我知道妳喜歡他。妳說妳和大方之間沒有可能時，和剛才說殷硯不是妳的男朋友時，表情完全不一樣。喜不喜歡某個人，眼神是藏不住的。」

我努努嘴，沒說什麼，和媽媽討論戀愛的話題實在挺尷尬。

回到房內，我正要打電話關心蕭大方，他卻先打來了。

「品珈，我有件重要的事情要和妳商量。」

「我也正好要打給你。」我正襟危坐，準備好聽他說話。

「我不是說我得獎了嗎？我現在有個規畫，想租一間工作室。」沒想到蕭大方要和我商量的是這樣的事。

「你在租屋處不也可以工作嗎？」

「……我和高立丞打算同居。」

「眞的？」我倒抽一口氣，「太好了！眞是太好了！」

「他也在的話，我覺得自己會沒辦法工作，況且無論如何，有間工作室總是比較方便。」蕭大方清清喉嚨，「所以我想問妳，要不要和我一起合租工作室？」

「我？」我驚呼，「可是我在上班……」

「妳沒打算當專職作家嗎？我認爲妳已經可以開始考慮了。」

「但這……」

「妳問問看殷硯吧，他是妳的編輯，一定能幫妳評估是否可行。」

「這……我從沒想過，雖然你這麼說……」我思考著自己的收入，還有目前的生活品質。

「說到殷硯，妳和他怎麼樣了？我看你們今天不錯啊，他還餵妳吃草莓。」

我臉一紅，「你看到了？」

「嗯，妳媽也看到了，其他人應該沒注意到。」蕭大方輕笑，「恭喜妳。」

「我們並沒有特別說要交往，所以我也不確定我們現在算是什麼關係。」

「有沒有說出口不重要，重要的是有沒有心。」蕭大方的聲音聽起來很沒精神。

「你和高立丞還好吧？」

「為什麼這麼問？」

「因為你的語氣怪怪的，而且今天居然還開玩笑說了結婚什麼的。」

「嗯……」蕭大方悶悶地應聲，「談戀愛不是互相喜歡就沒問題了，這一點我已經深刻體會到。」

「你別想太多，雖然談戀愛不是互相喜歡就沒問題，但這依然是最重要的前提，你們可以靠著這一點克服一切難關。要是連喜歡的心情都失去了，才是真的完蛋了。」

「是啊，反正無論如何，我都還有跟妳結婚這個選項。」蕭大方總算有心情說笑，這讓我放心多了。

「你是把我當備胎嗎？」

「妳也可以把我當備胎呀。」蕭大方大笑。

結束和蕭大方的通話，並梳洗完畢後，我發現有殷硯的未接來電，於是開心地回撥。

「喂……抱歉現在才回電，你要睡了嗎？」

「是呀，已經快睡著了。妳剛才在洗澡？」

「嗯。」

「怎麼我都離開這麼久了，妳剛剛才在洗澡，在拖拖拉拉什麼？」殷硯故作嚴肅，我趕緊說出和蕭大方的通話內容，徵詢他的意見。

殷硯越聽越沉默，最後長嘆一口氣，「以編輯的立場來看，我會說也許妳可以試看看，但以殷硯的的立場來看，我會認為妳不該把自己的路封死。」

「這樣嗎……」我思索著。也對，如果辭職租了工作室，每個月都會多一筆房租開銷，也就真的得完全靠寫作維生了。

「況且，為什麼要跟蕭大方合租工作室呢？」

「因為我們可以分攤租金，再加上我們工作的性質還算類似……」忽然，我意識到殷硯可能又在吃醋，忍不住笑了起來。

「我不是很喜歡。」他嘆氣，「不過妳就嘗試看看吧。」

「什麼？」我沒想到他會忽然改變態度。

「因為還沒簽約，所以我原本沒打算先告訴妳這件事……如今妳的寫作產量穩定，品質也不錯，若是能專心創作的話，或許會有更好的表現。假使狀況不如預期，妳再去找工作也行。」殷硯那裡傳來布料的摩擦聲，大概是翻了個身，「《後巷》和《高樓》這兩本書售出影視版權了。」

「什麼！」我驚呼，又連忙摀住嘴，「你說眞的？」

「唉，我後悔了，我應該要在離開妳家前跟妳說，這樣就能親眼看看妳的表情有多開心了。」

「我很開心！超級開心！」我幾乎要喜極而泣，「謝謝你！如果沒有你，我覺得自己走不到這一步。」

「怎麼會。」殷硯壓低嗓音，聲線磁性十足，「妳自己也很努力。」

「那……我們算是一起成長吧。」

他在電話那頭沉默許久，才說：「是啊。」

這時，我聽見某個聲音，「你有插播？」

「嗯，好像是。」他頓了頓，「那就先這樣吧。」

「喔……」我覺得有點微妙，「你會再打給我嗎？」

「不會了，晚安。」

「嗯，晚安。」

掛斷電話後，我看著手腕上的那條鍊子，想起稍早的吻。

沒事的，不用言語我也明白，殷硯喜歡著我。

後來，我眞的辭掉了工作，對於我如此迅速地做出決定，殷硯感到十分訝異。而蕭大方早已找好了工作室地點，因爲他很肯定我不會拒絕。

搬入工作室的那天，我們舉辦了小型的開幕儀式。大家分別送了花籃過來祝賀，令人意外的是，高立丞並沒有來。

其他人並不覺得奇怪，畢竟高立丞十分忙碌，但我知道這非常不對勁。

且不提他和蕭大方在交往，光是看蕭大方硬撐著的笑臉有多勉強，我就能確定大事不妙，可現在大家都在，我找不到機會問。

白書安似乎仍不清楚高立丞和蕭大方的事，此刻正在和蕭大方談論著日本酒。

「妳要再喝一點嗎？」余潔拿著白書安帶來的香檳走到我身邊。

「好呀，謝謝妳。」我把手上的香檳杯湊過去。

「恭喜你們呀，你們這樣算是同年齡之中，最早獨立創業的……」余潔說著，盯著我的手腕看。

「其實也不算創業，要不是蕭大方提議，我還是會繼續一邊工作、一邊寫作，想都不敢想當專職作家。」我喝了口香檳，發現余潔依然看著我的手腕——不，是看著我的手錬。

我並未告訴其他人自己和殷硯的關係，我們也有默契地在眾人面前表現得如同以往。雖然我沒有特別想隱瞞，甚至會想在大家面前向他撒嬌，可是不知爲何，在公開場合，殷硯對我總是若即若離。

但當我也乖乖和他保持距離時，他又會故意捉弄我，像是那次餵我吃草莓。

「這是殷硯送妳的嗎？」余潔冷不防問。

「爲什麼會覺得是殷硯送我的？」

「這條手鍊是新款，而且我上次去百貨公司時巧遇他，當時櫃姊就正在幫他包裝手鍊……」余潔的眼神變得怪異，視線在我和殷硯之間來回打量，「生日禮物？」

「對。」再隱瞞就太不自然了，所以我老實承認。可是，爲什麼余潔的表情這麼難看？

「以朋友來說，這禮物太貴重……」余潔咬著下唇，「我當時問他，是買給女朋友嗎？他說對。」

我張嘴，頓時心花怒放。殷硯早就向其他人承認我是他的女朋友了？

天啊，那他爲什麼不跟我說？

「品珈，所以殷硯口中的女朋友是指妳？」見我滿臉喜悅，余潔瞪圓眼睛，有如聽聞了什麼不可思議的事。

「我……沒這麼說，他也沒這麼說，所以……」我連忙示意她小聲點，「拜託妳假裝不知情。」

「什麼意思？所以到底是還不是？」她抓住我的手臂。

「就……就他沒有說要交往啦，所以……」我聳聳肩，對她異常激動的反應感到疑惑。

余潔緊盯著我，欲言又止。

「怎麼了嗎？」

「沒事。」她鬆開我的手，「總之妳喜歡殷硯吧？我可以這樣理解？」

「到底怎麼回事？」我有些不安了。

「我只是覺得，不要喜歡他比較好。」

我的內心升起強烈的忐忑，「為什麼？」

「因為……」余潔依舊顯得有口難言，「反正，不要就對了，妳會受傷的。」

說完她便轉身，拿著香檳去幫羊子青倒酒，並和她說說笑笑的，彷彿剛才沒與我交談過，而我握著香檳杯的手不斷發顫，望向了殷硯。

不安的情緒在心中擴散，對於余潔的提醒，我有千百萬種想像，可我只記得一件事。

不久前，殷硯回過頭對上我的眼睛時，他微笑了。

殷硯是愛著我的。

這樣就夠了。

對當時的我來說。

第九章

《後巷的女人們》與《高樓的男人們》售出影視版權後，我接到消息，得知製作公司準備兩部電影同時開拍，屆時才能接連上映，令話題延續。

文字與影像呈現的方式還是有一段頗大的差距，所以身爲原作的我無需特別參與拍攝，基本上都交由製作公司處理。

不過故事畢竟還是出自我的筆下，所以當編劇有無法理解或疑惑的地方時，仍會想與我討論。

「那位編劇說，他習慣到東部某間民宿寫稿，希望妳也能過去。」殷硯邊說邊皺眉，「妳覺得呢？」

「這是我要問你的問題吧。」我扮了個鬼臉，「這是正常的嗎？」

「我知道有的創作者會特地找個地方閉關，而想詢問原作也合理，但……」殷硯沒說出口的話是不禮貌的懷疑，我理解。

「這下怎麼辦？」我回覆著粉絲專頁的私訊，其中不乏擺明來亂的騷擾，我直接無視。

他思考一會後嘆氣，「還是去吧，畢竟這是妳的作品第一次獲得影視改編的機會，了解詳情也很重要。」

「編劇有說他會在民宿待幾天嗎？也許我可以當天來回？」

「他預計待一個禮拜，然後希望妳至少在那裡住兩天一夜。」殷硯拿出手機，把他和編劇往來的信件給我看，我上網查了下這位編劇是否有花邊新聞，幸好並沒有任何相關消息。

「好吧，那我過去吧，好在已經辭掉工作了……啊，不然我找蕭大方跟我一起去好了。」我覺得這是個好主意，以前我們就曾討論過哪天要一同去宜蘭旅遊，只是彼此的時間始終無法配合。如今我們兩個的工作模式都比較彈性，正好可以實行，而且有個伴我也能安心點。

沒想到殷硯再次蹙眉，「爲什麼要蕭大方陪妳？」

「因爲……」我正要解釋，卻發現他的表情不對，於是意會過來，「你又吃醋呀？」

「吃什麼醋？」殷硯的眉頭皺得更深，「話說回來，我一直很想問妳，妳的筆名是姬方，那個方就是蕭大方的方嗎？」

「是呀，要不是因爲他的建議，我不可能會投稿，也就不可能和你們重逢。」我開心地說。一連串美麗的巧合環環相扣，才讓我有了現在。

「把他的名字裡的一個字用在妳的筆名中，不就代表他很特別嗎？」

「蕭大方的確很特別啊。」我不假思索地回答。

「是嗎。」殷硯似乎不太高興，我卻十分開心。

我伸手勾住他的手臂，他抽回去，我再次勾上，「我們去吃晚餐吧？」

「……要吃什麼？」

我嘿嘿笑了兩聲，「都好。」

「我和妳一起去。」

「什麼？」

「我是編輯，本該陪妳同行。」

我雙眼發亮，「那如果不是編輯呢？」

他凝視著我，然後用右手將我勾著他的手往下拉，放到他左手的掌心。

我們朝前方的攤販走去，雖然他沒有回話，我的心仍甜蜜無比，握緊了他的手。

只要和他在一起，哪裡都好。

✦

很快，時間來到與編劇相約的那天，當我在整理行李時，蕭大方來訪，他和媽媽寒暄了一下，便來到我的房間幫我「檢查」服裝。

「這件內衣是不是從大學穿到現在？拜託換一件吧！這不要帶。」

「喂！你幹什麼啦！你來是要看那個嗎？」我伸手搶回他手上甩著的內衣。

「妳沒有新的內衣嗎？決勝內衣之類。」蕭大方說完就要去翻我的衣櫃，我連忙從後面拉住他的衣領。

「你欠揍啊！」我捶了他的肩膀幾下。

「我是為妳好，不要繼續這樣不明不白的，妳不是說你們接吻好幾次了？雖然互動上已經是男女朋友，但還是要有口頭的確認比較好。」蕭大方搗著自己的肩膀，一臉嚴肅，「反正你們要過夜，有備無患，順便生米煮成熟飯，懂？」

見他比我還著急，我既窩心又覺得好笑，不過他說的對，是該確認關係了。

「可是我該怎麼做？跟漫畫裡的劇情一樣，把自己的衣服脫掉？」

「當然是引誘他啦！吃飯的時候喝一點酒，然後逛一逛之後回到民宿，邀他進房間再喝一杯，喝著喝著說好熱，接下來男人就知道該怎麼做了啦。」蕭大方一副過來人的架勢，我決定不深入追問。

「好啦，姬品珈，切記，這次回來我希望聽到妳說，妳已經是他名正言順的女朋友了，別相信什麼曖昧最美的鬼話。」

「好啦，我明白了。」我嚥了嚥口水，決定去買新的內衣。

編劇已經在宜蘭的民宿待了四天，聽說他整理了幾個問題想詢問我。

我和殷硯一早在臺北車站搭上往宜蘭的普悠瑪列車，一路上外頭的風景從高樓逐漸轉變成平原，綠油油的稻田別有一番風情，美不勝收。

途中殷硯睡著了，我透過他映在窗戶上的側影看見他的睡臉，不禁竊笑了下，拿出手機偷拍。

注視著手機螢幕上他的面容，再抬頭瞧瞧就在我身邊的他，我忽然萌生一個念頭。要是可以常常見到他的睡顏，甚至在往後的每一天都能見到，那該有多好？

有如著了魔一般，我靠向他的臉，湧起親吻他臉頰的衝動。但此時有乘客經過走道，我連忙退開，裝沒事地望著窗外。

原來女生也會像這樣，看一個人看得入迷，甚至想接近與親吻對方嗎？

蕭大方，也許這趟旅程我沒辦法等到殷硯主動，而是會不小心先……撲倒他。

「您就是姬方老師對吧？您的小說實在優秀，能有這份榮幸改編眞是太棒了，不過沒想到您如此年輕。」

「哪裡，我也看過很多由您編劇的戲劇，我的小說能交給您改編爲電影劇本，也是我的榮幸。」

客套大會開始。我在內心默默地想。

編劇是位三十多歲的男性，名叫吳雨錚。他的外型像是會在書法教室出現的老師，溫文儒雅，談吐也相當得體，一見到他，我立刻覺得自己之前的懷疑十分失禮，而我瞄了殷硯一眼，猜想他應該也是同樣的心情。

「您好，我是姬方老師的編輯，這兩天要麻煩您了。」他遞出名片。

「哎呀，眞是抱歉，我以爲只有姬方老師一個人來，所以只請民宿幫我多保留一個房間，可能得再問問他們有沒有其他其他空房。」吳雨錚拍了下額頭。

「沒關係，那我去詢問，兩位先討論。」殷硯笑了笑，離開房間前往櫃檯。

「姬方老師，這邊請。」吳雨錚的房間據說是民宿裡最大的，裡頭有個以竹籬隔開的露天澡堂，還有柔軟的大床，以及一張大木桌。

木桌上有不少紙張與書本，地板上還散落了幾個揉爛的紙團，不過跟想像中不同的是，吳雨錚是使用筆電寫作，並不是用稿紙。

「這邊有幾個問題，一個是關於事件的時間順序，還有我不確定您設計這個女角色的用意，她的心情是否……」吳編劇馬上進入工作模式，拿過旁邊的一疊紙開始提問。

當殷硯回來時，我們已經陷入了故事的世界。

不知道討論了多久，我突然回過神，肚子還咕嚕叫了一聲，這才發現已經到了晚餐時間。原來廢寢忘食這種狀況眞的會發生。

「肚子餓了嗎？要不要我去買吃的回來？」殷硯放下手上的書本，來到我們身邊。

「我們討論多久了？」我注意到窗外的天色也暗了。

殷硯看了下手錶，「五個小時。」

「什麼？」我感到不可思議，摸著自己的肚子，「難怪這麼餓。」

「你們去吃飯吧，我再寫一下，現在手感正好。」吳雨錚說著，雙眼仍直盯著筆電螢幕，雖然他看起來疲憊不堪，卻雙眼發亮，兩隻手快速地在鍵盤上飛舞。我寫稿的時候，是否也是如此呢？

「我們一起去……」我的話幾乎被吳雨錚敲鍵盤的聲音蓋過，我回頭看了殷硯一眼，他聳聳肩。

創作果然得燃燒腦力、熱忱，以及生命呀。

我們兩個安靜地步出房間，關上門後，我打了個哈欠。

「妳還好吧？」

「嗯，寫劇本和寫小說，眞的差了很多。」

「辛苦了。」殷硯握上我的手，讓我頓時清醒了一半，他平常不太主動牽我。

「嘿嘿。」我不禁想撒嬌，貼了過去，而他也沒有抗拒。

就這樣，我們兩個像眞正的情侶一般，信步往民宿附近的夜市走去。

「對了，結果房間的事……」

「沒有空房了。」

「這樣啊。」我的視線投向前方的餐廳，想著要吃什麼，接著瞪大眼睛轉過頭，殷硯的表情依舊平靜，「你剛剛說……」

「嗯，所以我會去跟吳編劇借個地方睡，妳好好休息。」我們踏進餐廳，他向老闆點了餐，「老闆，這裡兩個套餐。」

難道他就沒想過跟我睡同一間房嗎？一般的男生不是會把握這樣的機會？至少我看網路上的討論都是這麼說的。

是我不夠有魅力，還是他不想跟我確認關係？

我再次想起余潔的話，頓時陷入不安。

所以，我趁著殷硯不注意的空檔，傳了訊息給蕭大方，告訴他這件事。

「難道妳沒想過，或許余潔是喜歡殷硯嗎？」

我還眞的沒想過，可是余潔的態度不像。

「我跟妳說，等等去便利商店買酒，然後找個理由先把他留在房間，是男人就懂了啦。」

蕭大方堅持，他說我們不是學生了，沒必要玩猜心遊戲，應該直接床上見眞章。

他自從有了男朋友以後，簡直變得跟戀愛大師一樣。

但我相信我的戀愛大師。

用餐完畢，我們傳了訊息詢問吳雨錚需不需要幫他買晚餐，想當然他並沒有回覆。

於是我和殷硯又逛了一圈，再吃了點東西後，我藉故去便利商店，買了幾罐啤酒和零食。

「妳還吃得下？」殷硯面露訝異，「妳要喝酒？」

「嗯，難得來這個地方，我們看看星空喝喝酒吧，我想吳編劇大概還沉浸在劇本的世界裡，你也沒辦法去他的房間吧，會打擾到他的。」

殷硯覺得我說的有道理，便同意先去我的房間。其實我很緊張，不過總算是成功踏出了第一步。

「所以你們討論得差不多了嗎？」殷硯從口袋裡拿出鑰匙，打開我的房門。

這裡只有吳雨錚那間房的一半大，外頭有個露天陽臺能望見遠方的海。雖然天色昏暗，還是能隱約聽到海浪的聲音。

「嗯，他有疑問的地方都釐清了，不過以防萬一，我們明天會再確認一次。」我打開一罐啤酒遞給他，然後拉開陽臺的落地窗，走出去將身子靠在欄杆上，又開了另一罐。

「那就好，這樣我們明天可以提早回去。」

聽他這麼說，我有點不開心。難道他不會想跟我去哪裡走走嗎？這麼難得的出遊機會。

「妳怎麼了？」見我癟嘴，他用手肘頂了我一下。

「沒什麼。」我喝了口啤酒，忽然感到委屈。

「沒什麼的話，怎麼會露出這種表情？」他靠向我，用頭輕輕撞了我的頭。

「你這麼急著回台北?」我哼了聲。

他哈哈一笑,「妳是氣這個呀?怪我沒有想帶妳去玩?」

我沒回答,而他繼續喝著啤酒,目光看向遠方,久久不說話。

怎麼就安靜了?

我有點慌,但克制著沒表現出來。殷硯默默喝完啤酒,隨後走回房內,我聽見他拿起背包,「我去吳編劇的房間了。」

什麼?

我回頭,殷硯並不是在試探我,而是眞的要離開。我立刻放下手中的啤酒,朝殷硯衝過去,從背後用力抱住他。

「哪有就這樣走掉的啦!你不要走!」

我的啤酒才喝不到一半,說喝醉是不可能的,殷硯只喝完一罐也不可能醉,所以,此刻我的行爲完全出於我的意願,他的選擇也完全出於他的意願。

「妳快點休息吧。」殷硯拉開我環在他腰際的手。

雖然情況跟我預想中的不一樣,可是我相信蕭大方。

這一次,我要確認我們的關係。

我拉下連身洋裝背後的拉鍊,整件洋裝落至腳邊,我裡頭穿著的內衣是成套且全新的。殷硯倒抽一口氣,僵著身子不敢回頭。

「你看看我。」我放柔了聲音。

「妳、妳穿上衣服。」殷硯動也不動，我再次伸手將他環抱，並且整個人貼著他的背，希望能夠勾起他的慾望。

「我不要，你不可以走。」

他的手壓在我的手腕上，我順勢轉到他的正前方，房內的燈光照射在我裸露的肌膚上，殷硯好像看傻了眼，於是我主動吻住他的唇。

先是輕輕地碰觸，然後緩緩地深吻，他從稍稍抗拒到慢慢回應，我一隻手勾上他的脖子，另一隻手將殷硯的手拉向我的腰間，這一刻彷彿觸動了什麼開關，他的深吻轉爲狂吻。

他將我往後推，一路壓到了床鋪上，手指從我的腰部往上游移，一路來到內衣下緣。可他似乎在猶豫，手停在那裡，沒有進一步的動作。

我拉住他的手，讓他的掌心覆上我的胸前，我感受到他渾身僵硬，但慾火顯然也燃燒得更加旺盛。他重重的氣息噴吐在我耳邊，親吻我的頸肩，我頓時熱淚盈眶。就在他要脫下我的內衣時，我在他耳邊說：「我眞的很喜歡你。」

結果，一切也在這瞬間戛然而止。

他迅速往後退開，眼神流露出痛苦，接著拿起一旁的外套蓋到我身上。

「殷硯？」我不明所以。

「妳該睡了。」說完，他抓起背包便要走出房間，我從床上爬起來，跑過去拉住他。

「為什麼？我做錯了什麼？」

「不，妳沒有錯。」他不看我的臉，咬緊牙根。

「那你為什麼不碰我？」我死死抓著他的手，「我們……我們應該是，互相喜歡的，不是嗎？」

他沒有作聲，回望著我的目光裡充滿各種情緒，有愛，卻有更多的後悔與無奈。他的手按在我的肩膀上，將我輕輕往後推。

彷彿要將我推離他的生命。

「殷硯，我都這個樣子了，你要拒絕我？」我直接把身上僅存的布料脫掉。

他很快轉過身，「妳快睡吧，晚安。」說完，他推開房門離去。

我簡直不敢相信，羞憤、不甘以及強烈的難受湧上心頭，我大哭起來，不能理解他為何一直逃避。

不久，我選擇穿好衣服，叫了計程車連夜趕回臺北。

我告訴司機，我願意付雙倍車資，求他快帶我離開這裡。一路上，我的眼淚沒停過，最後抵達了蕭大方的租屋處，睡眼惺忪的他見著我這副模樣，嚇得都清醒了。

我以為這天我會在殷硯的懷中迎接天亮，但最後，我竟是在蕭大方的租屋處以淚洗面。

令我疑惑的是，我明明可以感受到殷硯的愛，為什麼他卻像是要與我保持距離，不斷將我推開？

對於我的不告而別，事後我向吳雨錚鄭重致歉過，並請他吃了頓飯，幸好他並不介意，甚至表示他埋首在創作之中，根本沒注意周遭，連殷硯是何時走的都毫無印象。

他對編劇盡心盡力到了令我甘拜下風的地步，而且看過劇本後，我發現吳雨錚對我筆下的劇情與人物了解得十分透徹，所以我相信電影肯定能拍得符合原著精神。

至於殷硯，他和我聯絡過幾次，不過我都沒有回應。

那晚的事對我而言太難堪，也太丟臉了。我一個女孩子全身脫光站在他面前，他居然還能拋下我一走了之。

他是喜歡我的，爲什麼不接受？

我能確定他喜歡我，是因爲媽媽說過的那番話。她看出我注視殷硯的眼神充滿了愛，同樣的，殷硯看著我的眼神也是。

所以我不懂他的行爲。

大約過了一個禮拜，殷硯直接找來了工作室，那天蕭大方正巧不在。

「品珈……」他的聲音一傳來，我立刻從正在撰寫的故事中抽離，跳了起來，只見他就站在門口。

羞恥感頓時湧上，我拿起包包往門外衝，殷硯卻追了過來。

「品珈，妳不要走，聽我說……」

「你表現得夠明顯了，我知道了，可以了，不要再更讓我難堪。」我甩開他的手，可無論我甩開幾次，他都會再次牽上。

他這麼不願意放手，又為什麼拒絕我？

「我們是去工作，如果在那邊發生關係，怎樣說都……不太好。」這一次，他終於抓住了我，並說出原因。

「這是理由嗎？」我轉過頭盯著他。

殷硯眼神游移，像是在隱瞞什麼。

「不夠專業。」

「我不明白，我們該做的工作都做完了，為什麼……難道你不想……或是你根本不喜歡我？」我覺得自己簡直是個乞求他與我上床的可悲女人。

「我怎麼可能不想！」出乎意料地，殷硯高聲反駁，讓我嚇了一大跳。

他的聲音引來路人的注意，雖然這裡是住宅區的巷弄內，還是有人會經過。

「咳。」他摸摸自己的鼻子，抓住我的手微微顫抖，「品珈，我那天真的……我並沒有不想，可是，我不知道該怎麼解釋……」他將手伸入口袋，拿出兩張遊樂園的門票。

「這算不上賠罪，不過……我們小時候去過的那間遊樂園，要不要再一起去一次？」

此刻我們正站在大片的落地窗前，因為陽光燦爛，玻璃完整映出了我的表情。

我發現自己臉上的笑容逐漸綻開，名爲愛意的情感展露無遺。

「這是約會嗎？」

殷硯有點猶豫，但還是笑著點點頭，「是，約會。」

「好！當然好！我要去！」我尖叫著抱住他，他卻輕輕推開我。我愣了愣，現在又怎麼了？

「好像是妳的讀者。」殷硯的話打消了我的不安，我鬆了一口氣，面帶微笑回過頭。

兩個身穿高中制服的女孩站在對面竊竊私語，然後走了過來，緊張地問：「請問妳是姬方嗎？就是那個《後巷的女人們》的作者。」

「對呀，妳們有看我的書？喜歡嗎？」我友善地回應，兩個小女生興奮地叫了出來。

「怎麼辦，我們沒有把書帶在身上，可以請妳跟我們合照嗎？」其中一個女孩問，我乾脆地答應，並請殷硯幫我們拍照。

合照完後，她們開心不已，直說要跟朋友炫耀，接著偷瞄了一眼殷硯，「請問妳在約會嗎？不好意思打擾妳……」

我正要打哈哈帶過，殷硯卻搶先回答：「我是姬方老師的編輯，謝謝妳們一直以來支持她的作品。」

「哇！原來編輯這麼帥！我們會繼續支持的！」兩個女孩恍然大悟，蹦蹦跳跳地走了。

我的心裡有點難受，雖然殷硯說的是事實，他的確是我的編輯。

「我必須這麼說。」看我悶悶不樂，殷硯解釋，「妳現在身分不一樣，不要有奇怪的傳聞比較好。」

「什麼叫奇怪的傳聞？」我尖銳地反問。

「妳別這樣。」他伸手環抱住我，「我一點也不想跟妳吵架。」

而我凝視著他手中的遊樂園門票，想起當年的我們五人，還有彼得老師。

「我也不想吵架，是你很奇怪，你爲什麼……一直把我推開？」我悶悶地說。

「我沒有……」這句話，他說得很小聲。

回到家，我告訴自己別再去想那些，把心思放在工作上，於是打開了電子郵件信箱。某家網路書店寄來邀約，信中提到配合七夕情人節活動，他們想請幾位作者分別提供小時候與現在的照片，讓讀者猜猜哪位是哪位。

國中以後的照片都存在電腦裡，但小時候的照片就得去翻相簿了，所以我找出了塵封已久的舊相簿。

「找些什麼呀？」媽媽見我把好幾本相簿擺得亂七八糟，走進書房詢問。

「我想找小時候的照片，大概國小三、四年級左右。」我告訴她。

「應該都放在這裡。」媽媽過來幫我，卻在抽出書櫃最上方的盒子時，一個不愼弄翻了，裡頭的照片如雪片般飛散。我連忙將照片撿回來，結果發現其中有媽媽年輕時的模樣。

「哇，這是妳還在當明星的時候呀，眞美。」雖然造型有年代感，但如今看來依舊美麗。

「現在的我也不差。」媽媽自信地說，接著表情忽然僵了一下，伸手想藏起什麼。

我順著她的視線看去，在她將某張照片塞入手裡，並放回盒子前，看清了照片上的畫面。

那是年輕的媽媽與我那富商爸爸的合照，他們並肩站在臺上。從場景來看，應該是記者所拍的照片，而且不是偷拍，比較像是某個活動的宣傳照。

我再次想起生日那天，媽媽對我說的話。

她能夠從我看殷硯的眼神得知，我喜歡殷硯。而透過媽媽注視著那個男人的眼神，我明白，她也是愛著他的。即便他有家庭，即便他最後選擇躲在丁香玲身後，但那個時候，她是愛著他的。

我不會問媽媽後不後悔，因爲她若感到後悔，那我的存在算什麼？而她若不後悔，對她來說又是沒在孩子面前當個好榜樣。

「好啦，我就用這張吧。」我隨意拿了張照片，是小學三年級時在盼陽國小校門口拍的，這時我才驚覺，小時候我居然沒有和殷硯他們合照過。

「那妳去忙妳的，我來整理就好。」媽媽說，我點點頭。我想裡頭大概有更多照片，屬於她的曾經。

離開書房，我回到自己的房間把照片翻拍，並回信給那家網路書店，而後開始查詢遊樂園有什麼必玩的設施，因此得知了關於摩天輪的傳說——

如果兩個人一起搭乘摩天輪時，看到了遊樂園點燈的瞬間，那麼感情就能長長久久。

於是我下定決心，一定要和殷硯一起搭摩天輪。

然而事情不如預想中順利，在約好去遊樂園的當天早上，我收到殷硯的訊息。

「今天取消，抱歉。」

短短六個字，再沒有其他。

我立刻打電話過去，可是殷硯沒接，事實上是直接轉進了語音信箱。我的心涼了一半，屬於女人的第六感告訴我，情況不對。

我不曉得能找誰確認，也不曉得該怎麼確認，我能選擇的，只有打給余潔。直到開口，我才發現自己已經泣不成聲。原來我有這麼脆弱嗎？

「余潔，妳知道殷硯今天去哪裡了嗎？」

「我……」余潔那邊很吵，她似乎正在移動到比較安靜的地方，「妳怎麼了？」

我哭了起來，因爲我聽見電話另一頭傳來遊樂園的廣播聲，正是我和殷硯說好要去的地方。

「余潔，難道妳眞的也喜歡殷硯？你們一起去了遊樂園？」

「妳冷靜一點，品珈。」她十分慌張，「殷硯今天原本和妳約好了嗎？」

「妳只要告訴我，他在不在那裡就好。」

「品珈，我不是要妳抽身？要妳別喜歡他？」余潔的語氣既氣憤又心疼，「所以……所以妳眞的都沒有察覺？」

心中的不安終於找到了具體緣由。

「他……是不是……有女朋友？」我顫聲問。

這樣才能解釋一切，解釋殷硯的所有作爲。

「品珈，我不想攪和這件事，要是我現在和妳說了什麼，我等等怎麼面對他們……啊。」余潔馬上意識到自己說溜了嘴。

「所以他眞的……眞的有女朋友？我是第三者嗎？爲什麼？他從來沒提過，他看起來也不像有女朋友啊？我們幾乎都在一起，我怎麼可能會……」

「品珈，妳先冷靜下來，他們聚少離多……不行，我不能再多說了，妳不要爲難我，我兩邊都認識，我不曉得該怎麼辦！」

我渾身顫抖個不停，內心痛苦無比。

「我會裝作不知道你們的事，可是品珈，他有女朋友，從高中就交往到現在。」

余潔飛快地說，「如果你們還沒有什麼，那還來得及，妳快點離開他。憑妳的條件，一定能遇見其他好的對象。」

我握緊手機的手冷得幾乎失去知覺。

「他的女朋友是誰？我見過嗎？」

「這必須由妳自己和殷硯談。」余潔低聲說，「殷硯不該是會做這種事情的人，我也不想問你們交往到了什麼程度。就好像高立丞什麼都沒說，我也不問，但他眞的以爲我不知情嗎？」

這句話使我一愣，「妳的意思是……」

「他和蕭大方在一起對吧？我自己觀察出來的，他們都不曉得我發現了……我本來就不喜歡逼人說自己的隱私。可是，殷硯和妳眞的出乎我的意料……品珈，妳別執著於他了，今早他女朋友臨時約我們見面，既然殷硯能乾脆地丟下妳答應她，那麼妳也該明白他的選擇了。」

所以，他才用一句話打發我，然後人間蒸發。

所以，他才從來不說喜歡我。

所以，那天晚上他才不碰我。

他可笑地以爲，只要我們不發生關係，他就不算出軌。

第十章

想必大家都跟我一樣驚訝，我的人生的第四章，居然會是這樣的發展。

接下來，第五章開始了。

第四章的劇情，是以重逢的喜悅，以及友情與愛情編織而成。

於是，我一度以爲自己的命運之書多半是童年會不快樂，卻能擁有美好的愛情、事業和友誼。沒想到，原來愛情並不在我所能得到的幸福裡。

我其實是用無法攤在陽光底下的愛情，換取了事業與朋友們。

但是，怎麼可能殷硯有女朋友，我卻渾然不覺？

我和他幾乎天天見面，也時常通電話，假日還會出遊。他的女朋友再怎麼忙，也不可能忙到幾乎神隱吧？難道是待在國外？

我不確定自己是因爲太喜歡殷硯了，還是因爲我不是他唯一的選擇而感到不甘心，我的心中居然升起一個想法。

無論他的女朋友在哪、是誰、有著怎樣的背景，她和殷硯聚少離多都是事實，只要我裝作一無所知，那總有一天，我將成爲他眞正的、光明正大的，女朋友。

於是，我將這一切藏在心中，不打算向殷硯求證。蕭大方曾說他可以幫我問問看高立丞，可他目前和高立丞似乎也有矛盾，我不想讓自己的事再次影響他的心情。

上次從宜蘭哭著回來，已經夠給他添麻煩了。

其實仔細想想，殷硯有時會看著訊息笑，有時會刻意避開我接電話，並非完全沒有蛛絲馬跡，只是頻率低到我根本不會在意的程度。

「他的社群頁面上難道都沒有女朋友的照片？」

事發後兩個禮拜，蕭大方才得知詳情，我們一起待在工作室，我盡量用輕描淡寫的語氣敘述經過，蕭大方卻抱著我哭了好一會兒。

頓時，我百感交集。我何其有幸，能夠有一個為我流淚的朋友？

等我們的情緒都稍稍平復，並將注意力轉回工作上後，蕭大方才提出這個疑問。

我停下正在打字的手，無奈地搖頭，「我找過了，什麼都沒有，包括余潔和高立丞的臉書、IG等，全都沒有。」

剛知道他有女友的那幾天，我發了瘋似的查看他們的臉書，從每個人申請帳號的那年開始，將一張張照片與一篇篇發文都看過。無論是學生時期，還是剛出社會的時候，殷硯的身邊永遠只有余潔、高立丞，以及幾個同學。

即使是高中同學會，或是大學時代的活動照片，都沒出現疑似他的女朋友的人物，其他人的留言裡也並未提及他女友。

「這太奇怪了，如果眞的有女朋友，怎麼可能一點蹤跡都找不到？」蕭大方的疑問跟我一樣，「或者其實不是女朋友，而是小三？」

我失笑，如果我連小三都不是，難道是小四小五？

「要不然，偷看他的手機試試？」蕭大方又提議。

「出於尊重他的隱私，我不會這麼做。」我先是曉以大義，接著扯扯嘴角，「我也不需要偷看，殷硯的手機沒設密碼，而且他常把手機借給我用。」

「沒有任何不對勁？」蕭大方詫異。

「沒有任何不對勁，他的相簿裡只有我和他的照片。」

「那訊息呢？」

「訊息我沒看，要是連那個都看了……無論有或沒有問題，我都成了控制慾太強的女人，我一點也不想變成那樣。」我雙手摀住臉，覺得異常疲累。

蕭大方站起來走到我身邊，拍拍我的肩膀，「親愛的，妳怎麼不直接問他？」

「我爲什麼要問？如果他承認了呢？那我該怎麼辦？我要叫他和女朋友分手，和我光明正大地在一起，還是說『我知道了，那我不會再打擾你』，或是『沒關係，我當小的』？哪一種我都不要，那爲什麼要問？」我不禁哽咽，誰想得到這種慘事會發生在我身上。

「說不定只是誤會……」

「我也希望是誤會，但可悲的是，這樣才說得通，否則殷硯爲什麼從來不肯承認我和他的關係？」我掉下眼淚，抬頭看著蕭大方，「如果我離不開他，那我又爲什麼要確認眞相？」

他似乎想再說些什麼，最後卻只是搖頭嘆氣，彎下腰擁抱我，「還是我去揍他？」

我聽出蕭大方語氣中的心疼，頓時感到十分溫暖。

「不要，什麼都不要做。」我回抱住他，「你只要像現在這樣，適時給我一個擁抱就好。」

「呵，這麼容易。」他將我攬得更緊。

「蕭大方……你和高立丞怎麼了？我知道你還沒搬離租屋處，那這間工作室對你來說，負擔不會太大嗎？」

蕭大方僵住身子，在我的耳邊苦笑一聲，「也許，我太小看身爲富二代的他，所背負的家族壓力有多重。」

我感覺肩膀溼溼熱熱的，蕭大方的身軀微微發顫，似乎強忍著淚水，卻還是徒勞無功。

「我用同居逼迫他，變相要求他離家，所以才會說服妳離職，和我合租工作室。他沒想到我會做到這個地步，終於老實向我承認，他勢必得和一個女人結婚，生下孩子。他不會放棄與我的關係，只是他必須對家族負責，說什麼……他有一個朋友願意當煙幕彈……他只要和她結婚生下孩子就好。婚後他可以跟我同居，不過一個禮拜可能必須回家幾次，給父母交代……」

這個做法實在荒謬，雖然，爲了完成父母的期望，這也是大多數無法出櫃的男性所做出的選擇。

「那些當煙幕彈的女人，其實多半都愛著那個男人，她們總是天眞地想，有一天男人還是會回家。然後呢，外面的男人也天眞地想，有一天彼此能夠光明正大地在一起。當然，被夾在中間的男人同樣痛苦，所以這到底有什麼意義？」

不管同性能否結婚，家人和親友的認可，才是像蕭大方這類人最在乎的事情。

「蕭大方，你先別這麼想，愛是平等而自由的，雖然也許需要一些時間，但是總有一天，你們一定可以受到眾人祝福的。反而是有些異性戀的感情，才更不被接受呢。」我苦笑，自嘲地繼續說，「例如我的狀況要是讓別人知道了，你覺得能接受的有多少？會支持我的又有多少？」

「不一樣呀，殷硯至少……還沒有結婚。」

「有差別嗎？不都是出軌，不都是見不得人？」我抽了兩張衛生紙，擦去蕭大方的眼淚，「所以你別哭了，我們兩個現在算是同病相憐。」

「對不起，爲了我自己，我居然利用妳，說服妳離職……」他吸吸鼻子。

「哎呀，我還要感謝你呢，我因此發現自己的自制力還挺強的，現在寫稿效率更好，劇情也更縝密了。」

聽我這麼說，蕭大方笑了，他的臉龐仍留有淚痕。

「我好像沒看過你哭啊，蕭大方。」

「我也很少看妳哭。」他擦乾眼淚，用力擤了鼻涕，「沒想到我們都是為愛情掉眼淚。」

「因為太慘了吧，哈哈。」我的笑，是嘲笑自己傻。

我們都明白有解決的方法，那就是分手。

誰不知道下一個或許會更好？

誰不知道長痛不如短痛？

誰不知道這些早就知道的事？

可是若明日就會死去，我們是否會後悔今日沒有順著自己的心意去抉擇？

我想起了殷心，如果我和她一樣，隨時都可能死亡，那麼未來根本是虛無縹緲的，什麼原則、什麼道德、什麼為以後著想，全都沒有了意義。

在死亡面前，一切輕如鴻毛。

雖然，其實我心知肚明，這些都是我為了正當化自己的行為所找的藉口。

然而除了這樣想，我還能怎麼做？我連下這個決定的勇氣都沒有。

「我和高立丞為這件事吵了好幾次，但他不願讓步。他說，連我這種在普通家庭長大的人，都無法對家人坦承性向了，更何況是他。」蕭大方苦澀一笑，「是啊，我有什麼立場去逼他？」

我們曾經對未來充滿希望，認為即便沒有愛情，只要事業順利、身體健康，朋友都在身邊就好。而之後，我們遇見了以為無比美好的愛情，因此產生愛情和其他所有的幸福可以兼得的錯覺，沒想到最後卻都被折磨得遍體鱗傷。

我不清楚余潔有沒有告訴殷硯，在約好去遊樂園的那天，我得知了他有女朋友。不過可以確定的是，殷硯想必良心不安，因爲這幾個禮拜他完全沒和我聯繫。聽說出版社最近正在進行年終盤點和結算，以及籌備書展，所以非常忙碌，我想到時候這也會成爲殷硯的藉口。可是我們都明白，再怎麼忙，有心仍是可以聯絡的。或許，他還沒想好理由。又或許，他眞的選擇了另一邊。

每當夜深人靜時想起這些事，我便會忍不住埋在枕頭裡啜泣。

然而越是如此，我越是堅定了那個我以前從未想過，如今卻異常清晰的決定。

我不希望記憶中的小寶再次消失在我的生命裡，也不希望失去殷硯，於是我得出一個結論。

我不想和殷硯分開。

我告訴自己，假裝不知情，也不要去過問，並且在心裡給自己打了可悲的預防針——跟我的媽媽一樣，我永遠不會是對方的第一選擇，我永遠都會是被拋棄、被隱藏的那一個。

當我選擇這麼想以後，心情竟莫名輕鬆了些，不知是成功強迫自己接受了這畸形的現狀，或是眞的放過自己了。

說不定，我的命運之書就是這樣的，擁有一切，獨缺完整的愛情。

那些得到完整愛情的朋友，他們往往爲了生活、爲了工作、爲了健康、爲了家人、爲了經濟等大小事情爭吵、抱怨。而我沒有那些煩惱，童年的不愉快也已經過去，順遂的日子，也許是我用不順遂的愛情換來的。

誰沒有自己的人生課題？這就是我的課題。

唯有這麼想，我才能好過一點。

當我們幾乎失聯了快一個月的時候，我終於收到殷硯的來信。應該說，收到殷硯「編輯」的來信。

姬方老師好：

這陣子諸事繁忙，最近總算有了空檔。

向妳報告兩個好消息，第一個是《後巷的女人們》和《高樓的男人們》售出了韓國、泰國以及越南的小說版權，詳情請參見附件合約。

而第二個好消息是，前些日子在宜蘭與妳接觸過之後，吳雨錚編劇對妳印象深刻，且十分認同妳的創作理念，而他的一部電影劇本近期即將開拍，並有意願授權出版電影小說，因此他希望由妳來執筆，合約條件也十分樂意配合妳。另外，這部電影的導演是近期最受矚目的新銳導演，對方同樣希望由妳這位經驗豐富的作家來撰寫小說。

身爲編輯，我認爲此事有利有弊，這部電影尚未開拍，便已經正在與不少海外公司洽談版權，屆時若出版小說，想必這將會成爲銷售上的一大助力。但撰寫電影小說必須以電影劇情爲主，或許會較爲難以施展拳腳。

妳可以考慮一下，製作公司希望我們能先與他們見面討論，再決定是否接案。再請妳回覆，謝謝。

米原出版社第一編輯部　編輯　殷硯

這封信帶來的確實是好消息，但同時我也對他公事公辦的態度感到悵然若失。不過，因此我更加相信自己那套命運之書的理論了。

我誤打誤撞成了作家，並且在短時間內獲得不少關注，雖然我不想完全歸因於幸運，畢竟我也有努力，然而運氣仍是一個關鍵，所以……我該知足。

對於殷硯，我不會強求，可是我也不會選擇放手。

我回覆殷硯的信件，之後我們約好了和製作公司代表見面的時間。除了公事，我們都沒有多提其他。

我將這個消息告訴蕭大方，他在電話裡的聲音有氣無力，顯然和高立丞的矛盾依舊，「我和高立丞聊到了遊樂園的事，先說，不是我刻意去問的。」

蕭大方解釋，當時我正爲了殷硯的事難過，他不想讓我心情更糟，所以沒把他和高立丞之間的問題據實以告。

雖然兩人在冷戰，不過當高立丞突然說他要和朋友一起去遊樂園時，蕭大方仍是悶悶不樂地問了句：「誰臨時揪你去遊樂園，你就去？」

蕭大方知道，高立丞已經在父母的安排下和幾個女孩子相親過，而他正準備把煙幕彈帶回家，介紹給父母認識。

那一天，蕭大方原本打算跟高立丞提分手。

他想，要是高立丞是和那個煙幕彈去，他就要藉機說分開。

然而高立丞的答案出乎意料，「殷硯的女朋友是個大忙人，她今天超臨時約大家去遊樂園，我們都好久不見了，當然要去。原本我有說要找品珈一起啦，畢竟那裡有我們小時候的回憶，也可以順便介紹她給殷硯的女朋友認識，但殷硯說品珈最近處於水深火熱的趕稿期，要我們別吵她。」

聽到這裡，我不禁失笑。殷硯眞是貼心，還幫我找了個藉口。

「品珈，我沒有資格說妳，可是這樣眞的好嗎？未來類似的事可能還會不斷發生，妳眞的甘願？」蕭大方在電話那頭爲我擔憂，「如果妳眞的甘願，我依然會無條件站在妳這邊，妳只需要告訴我，妳希望我怎麼做。」

「我自己都不曉得該怎麼做……就算殷硯有女朋友，我也想待在他身邊。」

「那，我們來約會吧？」蕭大方柔聲說，「我們去喝個下午茶，然後看妳想去哪裡，我陪妳走走好嗎？」

「嗯。」

「好，我等等去接妳。」蕭大方的聲音帶著笑意，我深深覺得自己是個失職的朋友。他也一樣痛苦，我卻要此刻的他來安慰我。

當我起身時才發現，我的房門未關，而媽媽站在外頭。

我的心一陣發涼，從她的表情來看，她顯然聽到了什麼。

「殷硯有女朋友？」她劈頭說，「所以妳和他是什麼關係？」

「至少他沒有結婚。」我不知哪根筋不對，反射性如此回應。

言下之意彷彿是在說，至少殷硯不是有婦之夫，而媽媽當年和那個富商可不是這麼回事。

「妳知道妳自己在說什麼嗎？」媽媽面色一凜，「妳不是最能體會這麼做會有什麼下場嗎？」

「所以，妳痛恨我的存在嗎？如果讓妳再選擇一次，妳會選擇不要當年那段痛苦的戀情，連同不要我？」

我明白自己的話句句帶刺，也明白再說下去我們只會互相傷害，可是我很痛苦，我不需要另一個人——尤其是我的媽媽——來跟我說什麼是對、什麼是錯。

蕭大方和高立丞是否也是這種感覺？

我們的處境差了十萬八千里，但總歸都是身陷父母不會認可的戀情。

「妳忘記自己小時候對我說過什麼嗎？如今妳要成為像我這樣的女人嗎？」媽媽掉下眼淚，「妳看看我，妳要像我這樣的將來？」

「像妳這樣有什麼不好？」我沒有說出口的話是：妳不是還有我嗎？

我轉身拿起外套和錢包，「我現在沒辦法跟妳說話。」

「姬品珈，妳回來！妳要去哪裡？」媽媽吼著，「妳要去見他嗎？」

「我要去找蕭大方啦！」我用力將鐵門關上，一把鼻涕一把眼淚來到樓下，蕭大方已經到了。

他的臉色也不好看，卻什麼都沒問，給了我一個擁抱後，就幫我戴上安全帽，載著我漫無目的地穿梭在大街小巷。我環抱住他的腰，任憑眼淚滑落，停了，又滑落。

我的心無法再承受更多痛苦了。

或許我真的就是如此脆弱，又或許我給了自己太大的希望，導致無法認清現實，還以為在殷硯和女友聚少離多的情況下，他們分手是遲早的事。

但剛才，媽媽的話打醒了我。

可是無論我成為怎樣的人、無論我是否讓她失望，我都希望她能永遠支持我。

蕭大方之所以一直不敢出櫃，也是由於得不到支持。

「蕭大方……如果是你，你希望我對你說些什麼？」

我在機車行進時開口，風聲和周遭的引擎聲蓋過了我的提問，我不確定蕭大方有沒有聽見。

下一個紅綠燈的時候，蕭大方卻回答了：「以前，我希望妳對我說加油。現在，我希望妳對我說分手。」

「是嗎……」

那天後來，我們去了廟裡。人在脆弱的時候，總是會想藉由信仰獲得救贖，而我上一次來這裡，已經是幾年前了。

當時我第一次收到殷硯的信，於是來詢問媽祖是否該走上出書這條路。

而這一次我詢問的，是與殷硯的未來。

我已經不曉得命運之書到底想要我怎樣了，是撐過這段悲傷後，將會迎來能夠光明正大公開的那天？還是該割捨這段愛情，而未來會更因此加珍惜感情中被視爲理所當然的一切？

我擲下筊杯，請求神明給予我建議。

✦

「很高興可以見到妳，姬方老師，若能合作就太好了。」

電影製作公司派出的代表，是負責拍攝電影的王導演，以及一名助理。導演比我想像中更加年輕，他將劇本推至我面前，同時旁邊的助理也將合約書遞過來。

「也非常感謝吳雨錚編劇的推薦。」我回答，而殷硯接過合約瀏覽，開始詢問相關事宜。

我在意著他的一舉一動，但此時我該拿出專業，於是我翻閱著劇本，思考著若是改編成小說，該用什麼樣的方式呈現。

「我先說一下，想必你們都知道，這部電影已經在接洽各國版權，而吳編劇的劇本品質也有保證，再加上演員確認了，女主角是目前當紅的實力派女星樓有葳……」

殷硯皺眉，看著導演複述：「樓有葳？」

「是的，難道殷先生覺得不妥？」

「不，怎麼會，她的確是理想人選。只是，印象中她近期作品很多，觀眾可能會……」殷硯說得含蓄。

「我懂，你擔心觀眾膩了？這點不需要擔心，她的演技足以克服的。至於男主角，我們屬意池呈安，不過他的檔期還在協調中。第二順位是周起言……」導演繼續說著，提及撰寫電影改編小說可能遇到的問題，但在我聽來都是可以接受的。

對我而言最重要的是，我想寫這部電影的小說。

「我接下了。」所以，我不顧殷硯的意見，當場答應。

離開時，殷硯走在前方，似乎有些不高興。公事與私事必須分開看待，於私，我才是有資格生氣的那個，但於公，我剛才的行爲確實不太妥當。

「難道我不該接嗎？你不是說隨我？」我率先開口。

「不，妳當然可以接，只是我認爲合約還有商談的空間，可是妳直接答應了，這下子什麼都不能談了。」殷硯嘆氣，「不過那的確是好劇本。」

「是啊，那就行了。」

「品珈。」他喚了我的名字，而不是我的筆名。

我知道，現在是「私」了。

「殷硯，一直以來，你總是吃蕭大方的醋，但是你有什麼資格吃醋呢？」

聞言，殷硯沉默不語。

「我承受不了你三番兩次的拒絕，也看不透你的眞心。」

「你有女朋友嗎？」

「那爲什麼不一開始就告訴我？」

「爲什麼不在我說喜歡你的時候，就跟我坦白？」

「爲什麼要回吻我？送我手鍊？約我去遊樂園？」

「你以爲不和我上床，就不叫出軌嗎？當你動搖的時候，就已經是出軌了。」

「如果你沒辦法接受，就不該回應我。」

我的這一連串問題，殷硯都沒有回答，直到我停止提問，他才遲疑地開口。

「我明白如今說什麼都是藉口……可是，我從來……沒有想踐踏妳的意思，所以才什麼都沒有說……沒有說我們之間……」他嘆了一口很長的氣，「對不起。」

最後，我得到的就只有一句對不起。

我的心痛是真的，他的歉疚也是真的，然後呢？

我的腦中浮現那天去廟裡擲筊的結果，深呼吸了下，「那就這樣吧。謝謝你，曾經讓我喜歡你。」

第十一章

「什麼？妳再說一次？」羊子青一拍桌面，欣喜全寫在臉上，她睜圓眼睛，「妳說你們要做什麼？」

蕭大方牽起我的手，讓大家看我們手上的戒指，並揚起陽光般的燦爛笑容代我回答：「我說，我們要結婚了。」

「天啊——」羊子青尖叫，她拚命搖晃一旁的練育澄，「你聽到了嗎？我就說他們一定會在一起，都這麼多年了，一下子就說要結婚！吼！眞的是！」

「不會是……懷孕了吧？」練育澄神情認眞，而我尷尬地笑。

我和蕭大方，恐怕一輩子也不會有孩子的。

「別亂猜，我們只是覺得彼此的工作都穩定了，趁這時候結婚，才不會需要煩惱別的事。」蕭大方給了個理由。

說我們是逃避也好，衝動也罷，我們兩個的第一場戀愛，都結束在二十八歲這個差不多該結婚的年齡，如果戀愛這麼痛，我眞的沒勇氣再去談下一次。

也許，陪伴彼此是我們的命運之書中，早就注定的劇情，一直以來我們被湊對不是沒有道理的，其實是本就該走上這條路。

白書安露出怪異的表情，那眼神彷彿在問蕭大方怎麼了，以及我明明曉得蕭大方的性向，又爲何如此。

更別說明白眞相的余潔了，她雙手環胸，明顯不是很開心。

只有羊子青和練育澄雀躍不已，羊子青衝過來給我一個擁抱，眼眶含著淚水，在這場聚會中，她是最打從心裡爲我高興的人。

「謝謝妳。」我回擁她，忽略了白書安和余潔複雜的神情。

「殷硯和高立丞怎麼沒有來？」這個問題是練育澄提的，我感到胃部一緊，頓時難受起來。

「高立丞抽不開身，殷硯去陪女朋友了吧。」我笑著回答。我明白這話很酸，可是我眞的沒有力氣演得更好。

「原來殷硯有女朋友呀？算了，沒親自聽見這個好消息，是他們兩個的損失。那你們有什麼需要幫忙的嗎？婚期呢？」羊子青期待地拉著我的手，左右搖晃。

「我們都已經準備好了，你們只要來參加就行。」蕭大方從包裡拿出喜帖。

「我的天啊，你們動作也太快了，現在是怎樣，一不做二不休嗎？趕進度？」此刻羊子青的興奮成爲沉重的壓力，我臉上的笑容幾乎就要崩解。

「好啦，總之就是這樣，羊子青，妳冷靜一點好嗎？」蕭大方察覺到我發出的求救訊號，將我攬過去。

「唉唷，還沒結婚，現在就在護妻啦。」羊子青眉開眼笑，接過了蕭大方手上的喜帖。

接著，白書安也拿到喜帖，他不安地問了蕭大方一句：「你確定？」

「怎麼，我們品珈不好嗎？還是你對品珈有留戀？」羊子青雙手叉腰質問，這個反應十分窩心——如果今天我是眞心愛著蕭大方的話。

「不是，我只是覺得……嫁給蕭大方眞的好嗎？他不夠貼心也不夠帥啊。」白書安連忙找藉口。

「什麼不夠帥？我很帥的好嗎！」蕭大方頗有微辭。

「而且蕭大方很貼心，我從沒見過像他這麼貼心的男人。」羊子青附和。

「從沒見過？」練育澄挑起眉毛，「聽到這句話，我可不能不吭聲啦。」

「我只是開玩笑，幹麼這麼認眞啦。」羊子青笑了。

我把喜帖交到余潔手上，她的雙手依然環在胸前，不肯收下，我揚揚嘴角，「這樣不是很好嗎？我不再讓妳爲難了。」

「妳是故意的嗎？這麼幼稚，把自己的未來賠了進去？」余潔壓低聲音，卻字字帶刺。

「我並不幼稚，也沒有賠掉未來。」我掛著笑容，「基本上除了沒有愛情，蕭大方是個很好的結婚對象，不是嗎？」

沒有付出愛，就不會受傷。

「他知道嗎？」余潔仍不願接過喜帖。

我搖頭，「妳會告訴他的。」

「我說了我不想攪和，妳……」

「那蕭大方，或是高立丞，都會告訴他的。」我把喜帖塞進她的手裡。

「高立丞怎麼辦？」她捏緊了喜帖。

「蕭大方又怎麼辦？」我反問，「高立丞有他要擔起的責任，他如果選擇進入無愛的婚姻，我們又為什麼不行？」

「你們這是在賭氣。」

「或許這是一條讓大家都能幸福的路。」說完，我提高聲音，「謝謝妳，佘潔，我們會幸福的。」

「對了，佘潔，都沒聽妳說過自己的感情狀況耶，妳有男朋友嗎？」羊子青又靠了過來，一手搭在佘潔肩上。

「妳保證妳不會後悔？」然而佘潔起身，毫不退縮地對我嚴肅表示，「這段婚姻注定不會幸福。」

「妳怎麼了？」羊子青嚇到了，來回看著我們，她的手懸在半空中，不知如何是好。

「姫品珈，蕭大方，我不會參加你們這樣子的婚禮。」佘潔抬手撕毀了那張喜帖。

「妳做什麼……」羊子青驚呼。

「很抱歉，雖然我不想攪和，但我也無法接受這種結局。」她拿起一旁的包包，「你們的行爲是逃避，我要妳放下，是指先好好談過再做決定，而不是逃避，這麼做太不成熟了。」

說完，她揚起下巴就要離開，羊子青追了上去，「余潔，妳這什麼意思？妳這樣還算朋友嗎？太不尊重……」

「子青，妳問問看品珈，她有沒有愛蕭大方啊。」她冷冷一笑，再度看過來，「妳用殷心的名字發誓，妳講的都是實話。」

這句話有如在我的胸口開了一槍，我用以僞裝的面具頓時徹底瓦解，羊子青一愣，隨即抱住我，「怎麼了？怎麼了怎麼了？別哭呀！」

余潔似乎對我的反應很滿意，她咬著下唇，又走過去打了蕭大方一巴掌，「這一巴掌是爲高立丞打的，因爲你傷害了我的朋友！」

「我……」蕭大方的臉頰上出現紅印。

而白書安恍然大悟，「咦咦咦」地驚呼。

「我是在跟一群笨蛋做朋友嗎？你們必須不害怕失去、必須捨棄些什麼，才能得到自己想要的，弄成這樣蠢斃了！你們幾個也把喜帖撕掉吧，辦不成的。」說完，余潔走了，背影既瀟灑又令人羨慕。

「怎麼回事？品珈，到底是什麼狀況？」羊子青拿衛生紙擦去我臉上的淚水，「我要不要去把余潔追回來？」

「不用了，根據剛才余潔說的話，跟白書安的反應，以及殷硯和高立丞沒來的情況……我原本是想猜姬品珈和殷硯、高立丞是三角關係，可是這樣余潔沒必要打蕭大方巴掌，所以……」練育澄宛如名偵探上身，開始分析，「我想，讓姬品珈和小羊好好聊聊，我們三個男生去別的地方，我們也該跟蕭大方好好聊聊。」

「練育澄，你的腦袋還眞是清楚，你不該當配音員，應該轉行去當警察還是心理醫生。」白書安一邊伸手搭上蕭大方的肩膀，一邊又說，「說到配音，你家的公司不是練習發聲嗎？那你見過樓有葳本人吧？她……」

「我們不能談論明星隱私的。」練育澄沒等白書安講完便拒絕。

「這麼小氣？你只要跟我說說她私下是怎麼樣，還有……」白書安鍥而不捨，直到他們都離開後，還能隱約聽見他的聲音。

我的眼淚掉個不停，羊子青急得手忙腳亂，她從沒看我哭成這樣過，所以特別不知所措。

我從沒想過，有一天得將這一切告訴她，這樣連同我的過去、我的出身，都得告訴她。我哭哭啼啼地說著身爲私生女的我如何躲躲藏藏，又如何遇見殷硯他們幾人，然後是殷心的事，以及重逢後和殷硯的曖昧、與媽媽的衝突，還有最後決定和蕭大方結婚的原因。

每個人都有祕密，而這些祕密若能有個足以信賴的人幫忙承擔，將會是多麼値得高興的事？我何德何能可以認識這些朋友，聽我述說自己難堪的過往。

羊子青紅了眼眶，「妳爲什麼從來不告訴我？妳這些年來背負了多少？我甚至給妳添了這麼多麻煩，而妳卻……」

「因爲我不知道，不完美的我，妳是否能接受？」無論是身爲小三的女兒，或是身爲小三。

「妳就是妳，無論姬品珈是怎樣的人，我永遠無條件站在她那邊。」她誠摯地說。這一瞬間，我過去的擔憂彷彿都成了笑話。「況且妳媽媽是姬雪，那些陳年往事我和練育澄都曉得，妳忘了我們在妳的生日會見過妳媽媽？那時高立丞還要求和她合照呢。」

「可是……我又沒明說，妳認得出來我媽媽？」

「練育澄家裡多少和演藝圈有那麼點關係，他認得的。」羊子青捏了我的臉頰，「所以妳的事我大概知道，這又如何？我很想說，妳應該更相信我一些，可是……其實我也有祕密沒告訴妳。」羊子青吐吐舌頭，說起促使她父母離婚的眞正原因。

「什麼啊……這點小事。」我破涕爲笑。

「所以，是不是我們都把事情想得太複雜了？」羊子青再次抽了兩張衛生紙，輕輕幫我擦去眼淚，「也許只要把想說的話都說出來，事情就可以解決了。」

「可是……我不想聽到殷硯……如果他說……」

「無論他說什麼，就算他說他對妳只是玩玩的，那又如何？反正妳本來都決定要跟蕭大方結婚了，這不也就是決定離開殷硯了嗎？」羊子青說得理直氣壯，「沒事的，要是到時候他太過分，我和練育澄再找人去打他就好了。」

「不要啦。」我扯了扯嘴角，我的兩位好朋友怎麼都這麼暴力？動不動就要找人打毆硯，「我不想傷害他。」

「唉，戀愛眞是麻煩。」羊子青抱了我一下，「不過我同意余潔說的，因此打算結婚的你們，有點太蠢了。」

我還沒來得及接話，羊子青便繼續說：「雖然我明白妳一定是走投無路了，想要讓心能夠休息，或者是想要永遠逃避，才會如此選擇，畢竟蕭大方是妳最好的避風港。」

她的身上傳來好聞的香味，我又不禁熱淚盈眶。自從出了社會以後，即便仍保持著聯繫，我們卻很久不曾如此談心了。我們都慢慢築起保護自己的高牆，不讓對方看到脆弱的一面，以爲那是年輕時才能有的權利。

若我在婚禮上後悔了，或是蕭大方後悔了，那該怎麼辦？我深思熟慮過嗎？還是眞的只是賭氣？

如果沒有余潔的話，我會不會就這樣因爲這個錯誤的抉擇，走上了紅毯？

忽然間，我彷彿看清楚了自己的命運之書——和蕭大方決定結婚後，余潔會罵醒我們，讓我不得不向羊子青坦承一切，而羊子青也把埋在心裡的話都說出來。

敞開心胸聊過後，我總算理解，沒有什麼事是無法說出口的，只是我們往往想得太過艱難。

過了一會兒，蕭大方回來了，他紅著眼睛。我不清楚練育澄他們對他說了什麼，不過他顯得如釋重負，看來似乎也想通了。

我們相視一笑，他對我展開雙臂，我跑了過去，撲進他的懷抱。

「我們兩個差點就做了件白痴的事。」我在他懷中低聲說。

「居然把和我結婚當作是白痴的事？我可是認眞的啊。」蕭大方的聲音哽咽。

「那改一下約定吧，如果以後眞的還是沒人愛，我們一起去住養老院好嗎？」

「這個不錯，聽起來容易多了。」他輕笑。

「乾脆老了大家都住在附近好了，有個照應才不會變成獨居老人。」跟著進來的白書安在一旁開玩笑，他雙手插在口袋裡，顯然鬆了一口氣。

少了謊言的隔閡，我們所有人都更加靠近彼此了。

「其實沒那麼難的，蕭大方。」白書安笑著的模樣，帶著些許欣慰。

於是，我們取消了婚禮。

媽媽並不意外，她看起來不開心，但似乎也不想多說什麼。

「媽。」我喊住她，正要離開的她回過頭。

「我知道，我讓妳失望了。」

「妳不是讓我失望。」媽媽背對著我，肩膀微顫，「我只是不想要妳走上艱難的路，也不想要妳做出會讓自己痛苦的選擇。」

然而即使是父母，也無法預知孩子選擇的路究竟是充滿荊棘，還是會柳暗花明又一村。

我們都看不見未來，所以何必揣測未來？

我來到媽媽背後，注視著她顫抖著的纖瘦身影。她曾經如此努力地撐起一切，過去爲了年幼的我，她背負了多少罵名與嘲諷？

她只是不想讓我經歷她所經歷過的。

「我會處理好一切的，所以……謝謝妳，媽。」我抱住了她，自從小學畢業以後，我就再也沒有這樣抱過她了。

至於蕭大方，他和高立丞一同回了自己的家，他們不必多說什麼，只需要牽起彼此的手。

我沒看到場面有多慘烈，不過聽說大富和大貴比預想中還能接受，而蕭大方的父母差點昏倒，氣得不與他們說話，但至少沒出口傷人。

「高立丞說，我爸媽的反應算是很好了，他爸媽可能會當場揍人或鬧自殺，要我做好心理準備。」蕭大方在電話那頭苦笑，隨即哽咽，「我眞的好緊張，我從沒想過有一天會跟家人出櫃，更沒想到我哥和我弟會認同……」

「也許他們不是認同了同性戀，而是認同了你。」我回應，「你去高立丞家那天，需要我在外面等著嗎？要是有什麼萬一，我也好報警。」

「哈，不用，我有高立丞。」

我假裝吃味，「好哇，現在是重色輕友嗎？有了他的陪伴，就不需要我啦？」

「三八，那妳呢？和殷硯談過了嗎？」

我望著從遠方走過來的那個男人，他穿著單薄的上衣，身形高眺，整個人似乎疲憊不堪。

「現在……正要談。」

「嗯，記得，我會在這。」蕭大方鼓勵我，然後掛斷了電話。

殷硯來到我面前，才一陣子沒見，他看起來卻滄桑許多，雙手垂在身側，想要開口又彷彿不知該說什麼，與過去的他相差甚遠。

「你有收到我的稿子吧？」我率先發話。

「嗯。妳不回應我的任何訊息與問題，但交稿倒是很準時。」

「公事和私事必須分開，你還是我的編輯。」

「我聽說高立丞和蕭大方的事了，原來他們是那樣的關係。而妳原本還打算和蕭大方結婚？」

「對，你也知道，我和蕭大方當年約定過，如果對愛情感到失望了，就和對方在一起。」

殷硯皺起眉，他握緊拳頭，「品珈，我……」

「你喜歡我嗎？」我凝視著他。

「喜歡。」他的語氣沒有一絲遲疑。

「所以當時你才無法拒絕我，是嗎？」

「是，我不想把妳推開。」

「可是你確實有女朋友。你出軌了？」

「……我不會否認，這聽起來也許像藉口，但……我和她……很早就……」他沒說完後面的話，不過我耐著性子。今天，我要聽他說出所有實情。

「你慢慢說，我不會評斷你的行爲，我現在需要的是實話。」我咬著下唇。

他深吸一口氣，露出無奈的笑，「實話就是，我和她分手了。」

「分手了？」這個答案令我有些意外，「是因爲我嗎？」

「是，也不是。無論我現在說些什麼，都無法改變我在有女朋友的情況下喜歡上妳的事實，我不會再辯解。但如今我已經整理好一切了，妳還願意和我在一起嗎？」

這個發展是我始料未及的，我原本已經做好了告別的心理準備，「她知道我的存在嗎？」

「我不清楚。」

「那你提分手，她沒有問？」

「她只說，其實她也有預感。」殷硯垂下頭，「我們是和平地分開，她沒有太多情緒。」

「那她……」

「品珈，出於對她的尊重，我無法再說更多關於她的事了。」殷硯認眞地注視我，「從此，我也不會再與她有任何交集了。」

這是什麼跟什麼啊？

我失笑，「對不起，殷硯，我無法信任你。」

我往後退一步，我明白他是真心的，說我是被愛情蒙蔽了也罷，我看得出他的掙扎。

他的愛與愧疚都是真的，但他的謊言與猶豫也是真的。

「小品。」他抓住我，喊了我以前的綽號，頓時那些回憶湧現在腦海。

都到了這個地步，我依然喜歡著他，可是我很不安。他不告訴我任何關於前女友的事，或許在某個看不見的地方，他們仍藕斷絲連。

「讓我走吧，殷硯。」我一手摀住自己的臉，控制不住淚水，「就當我小心眼，我不曉得你的前女友的任何事，你之前也隱瞞了自己並非單身，這一切讓我太沒安全感，我不知道該怎麼消弭。我將會永遠陷在懷疑的漩渦之中，我們最後不會有好結果的。」

「前女友的事，妳總有一天會知道的。」殷硯握緊我的手，將我往後拉，「我帶妳去一個地方。」

「去哪裡？」

他不由分說地招了計程車，一上車便報出一個地址。

他從頭到尾沒放開我的手，車子行駛了約三十分鐘，來到新北郊區的某處。

「這裡是……」我看著眼前一整排的透天厝，不明白他帶我來的用意。此時，其中一棟屋子裡走出一位中年婦女，她一瞧見我先是狐疑，但看到殷硯後便眉開眼笑。

「小硯，好久沒見到你了，怎麼回來啦？」

「姑姑，我正好經過，所以回來一趟。」殷硯露出微笑，而被他稱爲姑姑的女人好奇地打量我。

「女朋友？」

「是我負責的作者。」殷硯解釋，「我先回去，晚點再去和您打招呼。」

「好好好，晚點聊啊。」姑姑拍拍殷硯的肩膀，對我笑了笑後離開。

「你帶我回你家？」我滿臉不可思議，「這是什麼意思？」

「無論我說什麼，妳都不會相信我，而我的作爲的確也無法令妳信任我。」殷硯握緊雙拳，「這是我所能想到的最好的方式了。如果妳依舊難以接受，那我也只能……」

只能放棄了，是嗎？

殷硯的目光對上我，誠摯且溫柔，「只能讓時間證明我的心意了。」

我差一點就要心軟了，我很明白，我根本無法拒絕他。

他伸手拉著我，從口袋裡拿出家門的鑰匙，我心跳不止。

他打算如何介紹我？他的父母又會問些什麼？或是，在他的老家，我是否會看見關於前女友的東西？

客廳裡坐著兩個人，殷爸爸讀著報紙，殷媽媽正拿著遙控器把電視轉臺，他們聽到開門聲後回頭。

「這麼難得，今天怎麼回……」殷媽媽起身對殷硯說，接著發現站在後頭的我，頓時一愣，「這位是……」

「我的……朋友。」殷硯像是不確定該怎麼介紹我的身分，擔心冒犯到我，所以才這麼說。

「朋友啊。」殷媽媽笑得意味深長，殷爸爸的視線也從報紙上移開。

「阿姨、叔叔，你們好。」我趕緊打招呼，殷媽媽盯著我與殷硯交握的手，於是我忙不迭地抽開。

「媽，其實她就是小品。」殷硯又說。他的父母瞬間睜大眼睛，殷爸爸站了起來，殷媽媽則走近我，握住我的手。

「妳就是小品？」她的雙眼盈滿淚水，「小心的小品啊……沒想到有生之年眞的能見到妳……」

這是怎麼回事？

我拉住幾乎要跪下的殷媽媽，殷爸爸也來到我身邊，滿懷感激地看著我。

「在自學的那段時間，小心時常提到妳，說妳是她的朋友。」

「我什麼事也沒有做……只是和她一起玩……」

「那樣已經很足夠了，小心一直把妳放在心上。」殷爸爸的聲音哽咽，「謝謝妳陪她度過那段快樂的時光。」

「留在這裡吃飯吧，等一下，我很快就準備好。」殷媽媽的盛情難卻，我回頭去看殷硯，他對我輕輕一笑。

「那請讓我幫點忙吧。」我說，跟著殷媽媽進了廚房。

「小品呀，妳有什麼不吃的嗎？」殷媽媽一邊從冰箱拿出食材一邊問。

「我什麼都吃，不用費心的。」

她的臉從冰箱門後探出來，「我們家小硯喜歡妳對吧？」

「咦？」

「哎呀，他可從來沒帶女孩子回來過呢，我剛才以爲他一帶就給我帶了個媳婦回來……不過能見到小品本人，對我來說更值得高興。對了，妳和小硯是怎麼聯絡上的呢？」

我已經不記得自己是如何回應殷媽媽的，也不記得晚餐吃了些什麼。

只有那句話在我心裡不斷迴盪——

殷硯，從來沒帶過其他女孩子回家。

也許是我太容易被應付了，可是，這裡是連前女友都不曾踏足的地方，他的父母也從來不曉得前女友的存在。

殷硯給了我一個最無用，但女人最想要的東西。承諾。

尾聲

你覺得，你的命運之書會是什麼樣的內容？

當你遇到挫折時，是不是會認爲，這是以此來交換某方面的順利？

可是如今我發現，也許並不是這樣的。

我們在人生中經歷的一切，都是當下的我們自己選擇的。例如蕭大方，他原本選擇隱瞞性向，極力在家人、在朋友、在世人面前扮演著完美的異性戀男性，雖然事業成功，卻得不到眞正的快樂。但這能說他是用不能出櫃的煎熬，換來其他方面的順遂嗎？不是的。

那天他和高立丞回了高家，高立丞的家人果然無法接受，把所有能罵的難聽字眼都罵了出來，甚至找上蕭家人，將蕭大方說得一無是處，指責他玷污了、帶歪了高立丞。

結果蕭家人勃然大怒，蕭媽媽更是大罵：「不准說我兒子壞話，世界上哪有像你們這種父母，愛孩子還有條件的！」

聽完蕭大方的敘述，我可以想像那一刻他會有多感動。

就算父母無法完全接受眞正的他，在那個當下，他們還是毫不猶豫地挺身保護蕭大方，這讓他知道，父母的確愛著他。

而高立丞表示，大不了就是他離開家，他不一定要當大公司的老闆，在小公司做個員工也行，最重要的是，他想和蕭大方在一起。

我想，余潔所說的大概就是這個意思，必須捨棄一些原本所擁有的，才能獲得眞正想要的。

我凝視著殷心的笑臉，拇指撫過她的臉頰。

「這一切也是妳安排的嗎？」

殷心當然不會回答，不過我總覺得照片中的她笑得狡黠。

「這個，是殷心最喜歡吃的。」殷硯從一旁走過來，手裡拿著七彩棉花糖。

「啊，小時候我和她在遊樂園吃過呢。」

「是啊，她很喜歡，總是吵著要吃。」殷硯神情溫柔，拿著棉花糖的手伸到殷心的相片前晃了晃。

我注視著他的側臉，那張臉上曾有過的陰霾和痛苦，彷彿都煙消雲散了。

我勾上他的手，而他輕笑。

「之前沒有成行的遊樂園之約，要不就現在履行吧？」

「現在？」

「嗯。」

「現在去不會太晚嗎？」殷硯看了下手錶，時間是下午三點。

「不會，時間剛好。」我鬆開手，朝樓梯的方向跑去，「這一次，我們要在摩天輪上面看點燈。」

「等我一下。」殷硯朝殷心的照片笑了笑，「殷心，彼得老師有寄明信片給妳，等等去樓下我會燒掉，妳要記得收。」

「殷心，我們下次再來看妳！」我也朝殷心在的方向喊。

我可以想像，長大成人後的殷心會是什麼模樣。她會有著一頭烏黑長髮，模樣總是慵懶，可是在關鍵時刻，她會比任何人都勇敢地第一個站出來。

就像當年我在遊樂園被劉玳琳強行拍照時，瘦弱的她第一個衝過來保護我一樣。

彼得老師的明信片，我們五個人都有收到一張。

明信片的圖樣，是幼時的我們在庭院和彼得老師玩耍時，被王媽拍下的身影。

世事皆是緣起緣落、緣聚緣散，唯獨你們緣起不滅。

彼得老師

全文完

後記　在往後的故事裡，繼續相見

好快又在後記見面了，嘿，又是你嗎？這位習慣先偷看後記的小Misa，難道在《最親愛的我們》那本書還沒學到教訓嗎？

不過不用擔心，這次的後記應該無雷，請安心閱讀。

不知道大家看到姬品珈和自學課程的同學們分離的橋段，有沒有一點熟悉感呢？在某次去露營的夜晚，我開了一個十分日常的深夜直播，不但有表妹、阿姨、小姪女等人（的聲音）亂入，我還一邊喝著麻油雞湯。有多少人看了那次的直播呢？

在那一次的直播裡，我分享了一件小學時發生的事。

小時候，我很常轉學，小學二年級那年就讀內湖國小時，我放學後都會去安親班，於是在安親班認識了別所小學的同齡男生。

那時的我很凶，非常喜歡指使那個男生做事，而那個男生也總是逆來順受。當小二的課程即將結束之際，我又要轉學了，因此告訴了那個男生。

那個男生安靜下來，平常我們總是吵吵鬧鬧的，可是當時他卻默默地在一旁做出踢石頭的動作，嘴上喃喃說著「妳要轉學了喔」。

爲了能繼續聯絡，我留下了新家的電話，要他打給我，當下的場景就有如偶像劇似的，我還在人群中大喊著電話號碼。

結果，和姬品珈的遭遇類似，我給錯了號碼，就此與那個男生失聯。

在那個沒有網路、沒有手機的年代，斷了聯繫是一件很容易的事。

於是，我就把這段經歷寫進小說之中了。

而關於蕭大方的事，我在《小羊不會唱情歌》裡就埋下線索了，你們是不是也懷疑過姬品珈和他的關係不單純呢？即便他們始終堅稱彼此是純友誼，周遭的人也不相信。

同時白書安的部分也是，沒想到蕭大方欠他人情的緣由是如此吧？

而姬品珈之所以想保持低調，正是源於媽媽自小的耳提面命。

想必很多人也都知道或猜到了，下一集的女主角是樓有葳，我想應該會有一些人在猜想姬品珈和樓有葳是否有血緣關係，因爲不只一次提及她們長相神似。在這邊我也就不賣關子了，答案是——沒有！

就只是單純的神似，哈哈哈哈。

姬品珈出社會後，居然和我一樣寫起小說了，還很快成爲專職作家，又擁有了工作室，簡直是一帆風順，但現實可沒有這麼容易呀。（擦眼淚）

關於書名，剛公布《我想你在我的故事裡》的連載消息時，有的小Misa推測著書名的斷句方式，因爲斷句方式不同，所傳達的意思也不同。

例如，「我想你，在我的故事裡」或是「我想，你在我的故事裡」，這兩種斷句的意義就有所差異，像這樣句子裡不加標點符號，讓讀者自行利用各種斷句方式進行解讀的，最著名的實例就是「下雨天留客天留我不留」了。

而在故事裡，這個書名有兩種意思，第一種是暗指姬品珈的作家身分，把「你」寫到我的人生故事裡頭；第二種，便是指命運之書了。

有段時間，我也會用命運之書這個理論來鼓勵自己，告訴自己，這一切都是我當初自行選擇的，所以無論好或壞、無論最終有沒有得到什麼，都是我在投胎時已經做過第一輪篩選的結果，接下來只需要面對就好。

聽起來有點消極，但偶爾也會成爲一個激勵自己的方式。

另外，在姬品珈看來，她覺得羊子青是用不快樂的童年，換來了理想的工作、朋友、男友等，但若是讀過《小羊不會唱情歌》的你們便知道，其實羊子青爲巫小佟的事糾結了很長一段時間，也曾經放棄了深深喜歡著的古牧然。

即便關係再親密，很多時候我們仍看不見對方最深層的痛苦與矛盾，也不會懂得他人的煩惱與掙扎。

你羨慕他人的命運之書嗎？

你滿意自己選擇的命運之書嗎？

也許，他人的命運之書並沒有你所看到的那麼美好；也許，你選擇的命運之書並沒有那麼糟糕。

最重要的從來不是命運如何安排，而是你自己如何選擇。

就像你，選擇了還沒看完正文，就已經先看了後記。
或是你，選擇了乖乖地看完故事才翻到這邊。
最後，我想要你們都出現在我的故事裡。
然後，讓我們在往後的故事裡，繼續相見。

Misa

國家圖書館出版品預行編目資料

我想你在我的故事裡／ Misa著. -- 初版. -- 臺北市；
城邦原創出版：家庭傳媒城邦分公司發行, 民 108.04
面； 公分

ISBN 978-986-97554-3-6（平裝）

857.7 108005327

我想你在我的故事裡

作　　者／Misa
企畫選書／楊馥蔓
責任編輯／陳思涵

行銷業務／林政杰
總 編 輯／楊馥蔓
總 經 理／伍文翠
發 行 人／何飛鵬
法律顧問／元禾法律事務所　王子文律師
出　　版／城邦原創股份有限公司
台北市中山區民生東路二段 141 號 6 樓
電話：(02) 2509-5506　傳眞：(02) 2500-1933
E-mail：service@popo.tw
發　　行／英屬蓋曼群島商家庭傳媒股份有限公司城邦分公司
聯絡地址：台北市中山區民生東路二段 141 號 6 樓
書虫客服服務專線：(02) 25007718・(02) 25007719
24小時傳眞服務：(02) 25001990・(02) 25001991
服務時間：週一至週五09:30-12:00・13:30-17:00
郵撥帳號：19863813　戶名：書虫股份有限公司
讀者服務信箱 email：service@readingclub.com.tw
城邦讀書花園網址：www.cite.com.tw
香港發行所／城邦（香港）出版集團有限公司
地址：香港灣仔駱克道 193 號東超商業中心 1 樓
email：hkcite@biznetvigator.com
電話：(852)25086231　傳眞：(852) 25789337
馬新發行所／城邦（馬新）出版集團 Cité(M)Sdn. Bhd.
41, Jalan Radin Anum, Bandar Baru Sri Petaling,
57000 Kuala Lumpur, Malaysia.
電話：(603) 90578822　傳眞：(603) 90576622
email:cite@cite.com.my

封面設計／Gincy
印　　刷／漾格科技股份有限公司
電腦排版／陳瑜安
經 銷 商／聯合發行股份有限公司
客服專線：(02)2917-8022　傳眞：(02)2911-0053

■ 2019 年（民 108）4 月初版
■ 2022 年（民 111）2 月初版 8 刷
Printed in Taiwan

定價／270元

ISBN 978-986-97554-3-6